KB233118

인생과
어깨동무하다

인생과 어깨동무하다

펴 낸 날 2013년 10월 29일

지 은 이 이강민
펴 낸 이 최지숙
편집주간 이기성
기획편집 이윤숙, 윤정현, 정연희
표지디자인 신성일
펴 낸 곳 도서출판 생각나눔
출판등록 제 2008-000008호
주   소 경기도 고양시 화정동 903-1번지, 한마음프라자 402호
전   화 031-964-2700
팩   스 031-964-2774
홈페이지 www.생각나눔.kr
이 메 일 webmaster@think-book.com

• 책값은 표지 뒷면에 표기되어 있습니다.

  ISBN 978-89-6489-238-1   03810

• 이 도서의 국립중앙도서관 출판시도서목록(CIP)은 e-CIP홈페이지(http://www.nl.go.kr/ecip)와
  국가자료공동목록시스템(http://www.nl.go.kr/kolisnet)에서 이용하실 수 있습니다.
  (CIP제어번호: CIP2013020340)

인생과 어깨동무하다

성공 못한 사람이
성공한 척 쓰는 편지들…

| 이강민 지음 |

생각나눔

복 있는 사람은 악인들의 꾀를 따르지 아니하며

죄인들의 길에 서지 아니하며

오만한 자들의 자리에 앉지 아니하고

오직 여호와의 율법을 즐거워하여

그의 율법을 주야로 묵상하는도다.

그는 시냇가에 심은 나무가 철을 따라 열매를 맺으며

그 잎사귀가 마르지 아니함 같으니

그가 하는 모든 일이 다 형통하리로다.

- 시편 1편 1절~3절

내가 아는

이강민 권사님은 참 싱거운 사람입니다.

할머니들로 구성된 샬롬 성가대 30여 명 모두에게 다 명함을 만들어 드렸습니다.

사실 명함 만들어 드리는 것은 참 싱거운 일입니다.

이분들이 그 명함을 어디에 쓰겠습니까? 그 명함을 나누어 줄 데도 딱히 없습니다. 또 쑥스러워서 남에게 명함을 내미시는 숫기도 없으십니다. 그러나 이분들에게 자기 명함은 평생 가장 소중한 애장품입니다.

이분들은 평생 자신의 이름 석 자를 누구에게 내밀 형편이 아니었습니다.

　남편에 가려지고 자식들에게 가려지며 이름도 없이 빛도 없이, 희생하는 인생을 살아오셨습니다.

　숨겨진 인생을 살아오신 분들에게 명함을 새겨 드리는 것은 하나의 퍼포먼스입니다.

　명함을 선물하는 것은

　참 싱거운 일인데, 거기에 사랑과 진심이 스며있습니다.

　사람의 마음을 훈훈하게 하는 온기가 있습니다.

　싱거운 사람이 쓴 글도 다 싱겁습니다. 글에 양념이 배어있지 않습니다. 기교도 없고 흉내도 없습니다. 그냥 투박하고 서투릅니다.

싱거운 마음으로 살아가며 그때그때 떠오른 싱거운 생각을 거침없이 몸으로 살아내며 써내는 글이기에 싱겁기 그지없습니다. 그래서 이강민 권사님의 글에는 사람의 맛이 납니다. 버무려지지도, 꾸며지지도 않은 진심의 맛이 납니다.

이 책을 읽으며 함께 싱거운 사람이 되었으면 좋겠습니다.
저도 제맛을 잃어버리지 않도록 싱거운 사람이 되고 싶습니다.
예수님도 싱거우신 분이셨을 테니까요!

약대교회 담임목사 송규의

감동과 재미를 주는 글

내가 이강민 형을 처음 만난 것은 지금으로부터 34년 전인 1979년 가을의 어느 날이었습니다. 『샘터』라는 잡지를 통해 '샘터문학회' 모임이 결성되었는데, 그 자리에서 그를 만나 인사를 나누었습니다. 이강민 형은 여느 글쟁이들과는 확연히 달랐습니다. "나는 시인도, 작가도 아니다. 그저 문학이 좋아서 시집 나부랭이, 소설 나부랭이를 찾아 읽을 뿐이다. 내가 쓰는 글은 문학 작품도 아니고 배설물 같은 일기에 불과하다. 생각날 때마다 잡기장에 끼적이는 낙서라고나 할까." 이렇게 털어놓는 것이었습니다.

그런데 얼마 뒤 나는 그에게서 장문의 편지를 받고 그가 왜 그런 말을 했는지 이해하게 되었습니다. 그의 문학은 장르가 따로 없었습니다. 음식으로 비유하자면 '따로국밥'이 아니라 '잡탕'이었습니다. 그가 쓰는 글 속에는 시도 있고 소설도 있었습니다. 동심의 문학이

라는 동시와 동화도 있었습니다. 그뿐만 아니라 붓 가는 대로 쓴다
는 수필, 세상만사를 비평하는 평론도 있었습니다. 그런 모든 장르
가 편지라는 형태 속에 녹아들어 독특한 맛과 향기를 내는 것이었습
니다.

　이강민 형이 이번에 출판한 『인생과 어깨동무하다』는 편지글을 모
은 것입니다. 나는 이 책을 읽으면서 어느 장면에서는 눈시울이 뜨거
워졌고, 또 어느 장면에서는 배꼽을 잡고 웃었습니다. 한국인의 기본
정서인 해학을 바탕으로 그가 진솔하게 들려주는 이야기들이 감동
과 재미를 주기 때문이었습니다.

　내가 이 책을 읽고 놀란 것은 가족 이야기를 빼면 대부분 이야기
가 교회와 교회 사람들 이야기라는 것입니다. 사실 나는 80년대를
보낸 뒤에는 그와 연락이 닿지 않아 오랜 세월 그의 소식을 모르고
지내왔습니다. 그런데 최근에 연락이 닿아 이 책을 읽어 보니 그가
그동안 교회에서 꾸준히 신앙생활을 해 왔음을 확인할 수 있었습니
다. 그가 이만큼 사업을 일구고 모범적인 가정을 이끌며, 보람된 삶
을 살아올 수 있었던 것도 교회 일에 충실하며 하나님의 복을 구했
기 때문이라는 생각이 들었습니다.

　그러고 보니 20대에 한창 방황할 때도 그는 교회를 떠나지 않았습
니다. 가출하여 떠돌이 생활을 할 때도 어느 지역에 가든 그가 제일

먼저 찾아간 곳이 교회였습니다. 당시 그는 예배 시간에 묘한 버릇이 있었습니다. 꼭 노트를 챙겨 들고 예배에 참석하는 것입니다. 그랬다가 목사님 설교 시간에는 노트를 펼쳐 들고 글을 끼적였습니다.

이 책에 이런 이야기가 실려 있습니다. "아무리 조용한 곳에 가도 건축 구상이 잘 안 떠오르는데, 꼭 주일 목사님 설교 시간에는 작품의 구상이 잘 떠올라 예배 시간에 꼭 노트를 챙겨 작품 구상하러 교회 간다."라는 구절의 건축 설계사 이야기입니다. 그런데 이것은 남의 이야기가 아니라 실은 이강민 형 본인의 이야기랍니다. 그러던 그가 큰 교회 권사님이 되어 성가대장·청년부 부장직을 맡아 주의 일에 충성하는 것을 보니 참 감개무량합니다.

나는 이 책에서 오랜만에 '백석동'이라는 이름을 접하고 매우 반가웠습니다. 백석동은 이강민 형의 고향으로, 80년대 초 그와 서신 왕래를 할 때 편지 겉봉에서 늘 대하던 지명이었습니다. 그리고 가끔 백석동 그의 집을 찾아가 회포를 풀곤 했는데, 마을 앞에 있던 염전 풍경이 아직도 눈에 선합니다. 이 책에도 나와 있듯이 그는 청소년 시절에 이 염전에서 어깨에 무거운 소금 목도를 지고 온종일 끙끙거리며 소금을 날랐답니다. 20대 후반, 방황을 끝내고 고향에 돌아왔을 때도 그는 한동안 염전에서 일했습니다. 그때 비 오는 날은 공치는 날이라고 긴 장화를 신은 채 인천에서 서울 시내로 외출을 감행하곤 했지요. 그러면 저녁때 함께 만나 소주잔을 기울이곤 했답니다.

'백석동' 하면 또 이강민 형이 기르던 새가 생각납니다. 그는 시골에서 남들이 다 하는 농사 안 짓고 집에서 잉꼬, 십자매 등 3천 마리의 새를 길렀습니다. 방 안을 가득 채운 새들이 한꺼번에 지저귀면 얼마나 시끄러운지 모릅니다. 그런데 새들이 주인을 알아보는지, 이강민 형이 손뼉을 한번 치면 새들은 일제히 입을 다물었습니다. 금방 쥐 죽은 듯이 조용해졌지요. 마치 "합죽이가 됩시다. 합!" 하고 합창한 직후의 어린이집 교실 같았습니다. 정말 신기했지요.

나는 그가 쓴 「말도를 다녀와서」를 읽고 이강민 형이 부러웠습니다. 말도는 해병대 출신인 그가 근무했던 섬입니다. 그는 제대한 지 34년 만에 말도에 다녀왔다지요. 실은 34년 전에 나는 그와 함께 말도를 방문하려고 강화도 외포리 부둣가에서 교동도행 배를 탔습니다. 하지만 말도는 민간인이 가기 어려운 DMZ라서 교동도에 가는 것으로 만족해야 했습니다.

이강민 형이 내게 말도행을 권했던 것은 소설을 쓰고 싶어하는 내게 현장 경험을 얻게 해주기 위해서였습니다. 그는 늘 내게 그랬습니다. 가출하여 떠돌이 생활을 할 때도, 어느 곳에 정착하면 반드시 나를 불러 그곳에 잠시 머물게 했습니다. 그래서 글을 쓰는 데 도움이 될 알토란 같은 체험을 시켰습니다. 그뿐만 아니라 산전수전에 공중

전까지 겪은 '범상치 않은 인물'들을 소개해 주어 그들을 밀착 취재하게 했습니다. 그들의 이야기를 듣고 잘 정리하면 소설 몇 권은 쓸 수 있을 거라면서 말입니다.

지금 생각해 보니 세상 물정 모르는 스무 살 청년이 이강민 형을 만나 세상에 눈을 뜨고, 본격적인 습작기를 가질 수 있었던 같습니다. 이강민 형은 내 젊은 날에 잊을 수 없는 인생의 스승이자 소중한 벗이었습니다. 이 자리를 빌려 고맙다는 인사를 전합니다.

그는 올해 환갑을 맞이했다는데, 여전히 문학청년 같은 객기와 순수함, 좌충우돌하는 돈키호테 기질을 갖고 있습니다. 나는 그런 그가 부럽기만 합니다. 그는 영원한 문학청년으로 남아 남들이 가지 않는 자기만의 길을 황소걸음으로 뚜벅뚜벅 가고 있기 때문입니다. 아무쪼록 그의 길에 하나님이 늘 함께하길 기도합니다.

시인 신현배

/ 약 력 /

■ 시인, 아동문학가

■ 1981년 계간 『시조문학』에 시조가 추천 완료되고 1982년 월간 『소년』에 동시가 추천 완료되어 문단에 나옴.

■ 1986년 조선일보 신춘문예에 동시, 1991년 경향신문 신춘문예에 시조가 당선됨.

■ 창주문학상, 청구문학상, 광명문학대상, 우리나라 좋은 동시문학상, 소천아동문학상 등을 받음.

■ 지은 책에 동시집 『거미줄』, 『매미가 벗어 놓은 여름』, 『산을 잡아 오너라!』, 『햇빛 잘잘 끓는 날』, 역사 이야기 『교실 밖 엉뚱 별난 한국사』, 『교실 밖 엉뚱 별난 세계사』, 『강치가 들려주는 우리 땅 독도 이야기』 등이 있음.

■ 초등학교 5학년 국어 국정 교과서(교육부 발행)에 전기문 「김만덕」과 중학교 1학년 국어 검인정 교과서(비상교육 발행)에 시 「봄」이 실려 있음.

■ 아동문학 전문지 『시와 동화』 편집위원, 한국동시문학회 부회장 등을 지냈으며, 현재 한국문인협회 회원, 한국아동문학인협회 회원, 한국동시문학회 이사, 동시조 '쪽배' 동인으로 활동 중임.

차례

▶ **추천하는 글**

1부

하   다

2부

▶ 후기

1부

아버지와 소

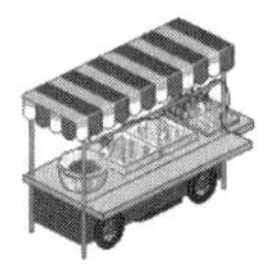

포장마차

집사람이 조그만 가게(분식집)를 하나 하고 싶어 하길래, 아는 거래처를 통해 부천 오정구 여월동 홈플러스 1층 매장 안에 어묵과 순대를 주메뉴로 하는 조그만 매장 하나를 개업해주었습니다.

사실 오백 원 하는 어묵도 시장 경기가 워낙 안 좋아 매출이 계획한 만큼 오르지 않습니다. 그래도 여기는 대형 매장 안이라 기본 손님이 늘 북적거려 큰 이익은 없을지라도 망하지는 않는다는 그런 위치에 있는 가게입니다.

그런데 요즘 아내의 얼굴이 밝질 않습니다.
이유는 홈플러스 길 건너편 포장마차에서 어묵을 파는데 그 포장마차 때문에 우리 가게가 지장을 받는다며 울상입니다.- 그곳이 우리 가게보다 싸서 다 그곳으로 몰린다는 겁니다. -매장 경비한테 얘기해 철거를 시키든지 해야지 속상하다며….

내가 그 얘기를 듣고 포장마차를 찾아갔습니다.

젊은 부부가 추운 밤바람에 오들오들 떨며 웃고 있었습니다. 내가 여기 홈플러스 어묵가게 사장이라고 말하니 젊은 부부는 놀라 당황하며 미안하다고 고개를 숙였습니다.

30년 전,

아내와 내가 리어카를 끌고 개봉역 앞에 섰습니다. "붕어빵 사세요!" 하는 목소리가 입안에서 가시처럼 맴돕니다.

그 추운 겨울 아내와 나는 리어카를 끌고 밀며 울었습니다. 어릴 적 꿈이 대통령이었던 내가 리어카를 끌고 서울 한복판에 설 줄은 꿈에도 몰랐습니다. 그런 아프고 힘들었던 기억들이 파도처럼 밀려왔다 사라집니다. 젊은 부부를 안았습니다.

"이 사람아, 힘내! 홈플러스에서 철거하라고 해도 내가 막아 줄 테니 겁먹지 말고 힘내." 하며 어묵 천 원어치를 샀습니다. "역시 젊은 사람들이 만드니 우리 것보다 맛있구먼. 자네들 꼭 성공하게. 그래야 오늘이 훗날 아름다운 추억이 되는 거야!"

아내에게 오늘 얘기를 했습니다.

"여보, 우리는 그냥 아르바이트 두고 당신 소일거리로 하는 것이지만, 저기 저 친구들은 저게 생명이고 저게 전부 아니야? 우리도 겪어봤잖아. 서로 힘내자고 밤새 울어가며 우리도 겪어봤잖아."

아내가 내 손을 잡았습니다. 그리고 오랜만에 아내의 눈물과 미소를 보았습니다.

MBC 「여성시대」에 소개된 글

용기

어느 해이던가, 서울을 가기 위해 부천역 광장을 지나다 참으로 황당한 일을 겪은 일이 있습니다. 몇 명의 젊은이(조폭으로 추측)가 한 젊은이를 부천역 광장에서 구타하고 있었습니다.

사람들이 몰려 "아이고, 저 사람 죽네! 죽는다고." 고함을 치고 모두 쳐다보며 발만 구르고 있었습니다. 이런 모습을 나도 물끄러미 쳐다보며 혹시 내 몸이라도 다칠까 봐 이 자리를 얼른 떠나야지 하며 발길을 돌리려는 순간 참으로 이상한 외침 같은 것이 들려 왔습니다. '야, 이놈아! 사내자식이 치사하다. 네가 그러고도 해병대 출신이냐?' 하는 엄한 음성과, 한편 나를 향해 '아이고 쫀쫀한 놈!' 하는 비아냥거리는 소리가 동시에 내 가슴 깊은 곳에서 울려 나와, 내가 가던 발길을 멈추고 다시 뒤를 돌아보았을 때는 청년은 쓰러져 있었고 몇몇이 그를 위에서 짓밟고 있었습니다.

코피가 터져 바닥에 피가 흐르는 가운데 내가 뛰어들었습니다.

"야, 이놈들아! 사람을 죽일 거냐?"

순간 한 젊은이가 내 멱살을 잡고 "넌 뭐야?" 하고 날 들어 올렸는데, 키 작은 내 눈과 키 큰 그 젊은이의 눈이 마주쳤습니다. 순간 나도 멈칫했고 내 늙은 얼굴에 놀란 그 젊은이도 멈칫했습니다.

들었던 나를 내팽개친 청년은 한가득 침을 뱉으며

"야! 오늘 이 꼰대 때문에 너 살았다." 하며 우르르 광장을 빠져나갔습니다.

그제야 경찰이 왱왱거리며 몰려오고 사람들이 달려들어 쓰러진 젊은이에게 다가옵니다.

내 생각 속엔, 이소룡이나 제임스 본드처럼 젊은 깡패들을 옆발 차기, 뒷발 차기, 이단 옆차기로 한둘씩 보기 좋게 넘어뜨리고 군중의 환호를 받으며 유유히 사라지고 싶었지만, 현실은 잡힌 멱살 한방에 발버둥치다 쓰러질 수밖에 없었고, 쓰러진 청년 옆에서 허우적거리는 내 모습에 스스로 '이젠 나도 틀렸다.'라고 인정을 했습니다.

경찰관이 달려와 큰일 날 뻔했다고, 어디 다친 데 없느냐며, 내 이름을 묻고 주소를 물었지만, 나는 대답하지 않았습니다. 파출소가 코앞인데 한참 만에 나타나 요란을 떠는 경찰도 못마땅하고, 밝은 대낮에 이런 폭력이 난무하는 세상이 못마땅했습니다.

중학교 때,
나의 슬픈 기억이 떠오릅니다.
공부도 못하고 덩치도 작으며, 부잣집 아들도 아닌 나는 힘센 놈의 종이었습니다. 녀석은 인천 시내 모 중학교에서 전학 온 농구 선수 출신으로 키가 내 머리 위에 머리가 하나 더 있을 만큼 큰 장사였습니다.

시골 학교 순진한 우리 반 학생 모두는 녀석에 비위 맞추기에 급급했고, 선생님은 공부 잘하고 운동 잘하고 돈 많은 녀석을 감싸고 돌았습니다.
학교 운동장 구석에서 난 녀석에게 발길로 주먹으로 맞으며 그런 슬픈 학창시절을 보냈습니다. 그때도 오늘처럼 친구들이 빙 둘러서서 얻어맞는 나를 측은한 듯 바라 만 보고 있었습니다. 모두 측은한 듯….

50년이 지난 지금도 나는 중학교 동창회를 나가지 않고 있습니다.

어릴 적 내 가슴에 너무 큰 상처였기에 때리는 친구보다 그것을 보고 대항하지 못했던 우리 반, 우리 동네 친구들이 더 미웠습니다.

이런 슬픈 기억이 오늘 쓰러져 울고 있는 청년을 보며 50년 전의 나를 만난 것 같아 그를 끌어안았습니다.

"이 사람아, 오늘을 기억하고 힘내."

내 손을 잡고 일어서는 젊은이의 손이 얼마나 따뜻한지 내 마음도 따뜻해졌습니다.

 2013년 6월 MBC 라디오 「남성시대」 방송

내 친구 홍순이

1973년 겨울, 찬 바람이 몰아치는 서부 전선 최북단 섬 말도, 보통 지도에는 섬의 흔적이 없고 큰 지도를 펼치고 자세히 보아야 표시된 작은 섬. 여객선이 없어 앞의 섬 보름도에서 내려 뗏목을 타고서야 진입할 수 있는 민간인 출입 통제 구역, DMZ 남측 한계선 안에 있는 홀로 된 작은 섬 말도.

까까머리 열여덟 애송이가 멋모르고 해병대에 지원했고, 훈련을 마치고 팔리고 팔려 그곳까지 가게 됐습니다. 620명의 동기생들이 진해 훈련소에서 훈련을 마치고 사단, 여단, 연대, 대대, 중대, 소대를 거쳐 각각의 근무지로 곤봉을 싸들고 「나가자 해병대」 군가를 힘차게 부르며 나가고, 나 혼자 이렇게 이런 무인도 같은 섬에 배치될 줄은 꿈에도 몰랐습니다.

부대원들이 열댓 명, 모두 내가 보았던 늠름한 대한민국 국군 같지 않은 시커먼 복장이었고 마을은 민가가 서너 채 보이는데, 그야말로 만화 속에나 나오는 그런 작은 섬 말도였습니다.

컴컴한 지하 벙커에 들어서니 월남 전쟁에서 철수한 선임병들이 줄지어 앉아 참으로 신기하다며 마치 동물원 안 원숭이를 보듯이 나를 쳐다봅니다.

벙커 밖에는 앙칼진 여자 아나운서가 떠들어대는 북한의 대남방송이 생생하게 들려오고 벙커 안에는 "개나리 아리랑 남포, 감 잡았다. 나오라." 하며 잡음 나는 무전 소리가 공포에 공포를 더해옵니다. 나는 너무 긴장하고 무서워 마음속에 하나님을 수없이 외우고 또 외웠습니다. 서울에서 버튼 하나 만 누르면 강원도 최전방의 로켓이 평양으로 날아간다는 전자 컴퓨터 시대에 전기가 안 들어와 부대에서 호롱불을 켜고 지내는 군대가 있다니….

내가 그래도 5 대 1의 체력 시험을 통과해 멋지다는 해병대를 지원 입대했지만, 여긴 해병대가 아니라 당나라 군대다 하며 크나큰 실망을 했습니다.

그리고 이런 곳에서 군 생활을 한다고 생각하니 눈앞이 캄캄했습니다.

“신고합니다. 이병 이강민은….” 하는 신고식을 열댓 번 하고서야 선임의 얼굴을 볼 수 있었습니다.

계급은 분명 작대기 네 개 병장인데 턱에 털이 부스스하게 난, 호롱불에 희미하게 비치는 그의 얼굴은 오십 먹은 사단 주임상사쯤 보이고, 반바지에 팔각모를 삐딱하게 쓰고 슬리퍼를 질질 끌며 껌을 씹는 그는 대한민국 군인이 아니라, 조선인민공화국의 빨치산 부대원이었습니다. 지리산의 빨치산 부대….

“누나 있어? 누나 있느냐고, 이놈이 귀가 먹었나?”
“네, 있습니다.”

아! 동물의 세계를 보면 사슴이 사자에게 쫓기다 막 다른 코너에 몰리면 사자가 물지도 않았는데 제풀에 쓰러져 신음하는 것처럼 아니 영화를 보면 고문당하는 사람이 참다 참다 못 견디어 아무 말이나 마구 해대는 것처럼… 나는 공포에 짓눌려 없는 누나를 있다고 토설하는 급박한 사정까지 왔습니다.

“있습니다.” 하는 한마디에 내무실 상황은 급반전했고, 빨치산은 나에게 “앉아, 힘들지? 자식, 겁먹기는.” 하며 씩 웃었습니다.

웃는 모습이 영락없는 성범죄자 그 모습입니다. TV에서 가끔 보면 흉악한 범인이 현장 검증 갈 때 수갑 차고, 씩 웃는 모습처럼.

넌 오늘부터 내 옆에서 잔다. 빨치산은 늙은 마누라를 버리고 무슨 새 첩이나 들인 것처럼 날 보고 히쭉거렸고, 내 군 생활의 출발은 거기서부터 삐걱거리고 있었습니다. 잠을 자려고 모포를 덮었지만 잠이 올 리 있나요?

처음 온 신병이라 오늘은 보초도 안 세운다며 내 집처럼 편히 푹 자라고 하는데, 잠이 오느냐 말이에요. 벙커 밖에서는 북한 놈들의 대남 방송이 윙윙거리지, 벙커 안에서는 통신병의 무전 소리가 소란스럽지….

나보다 1개월 빠른 선임병이 겁에 겁을 더해줍니다.

"여긴 말이야, 예전부터 국방부하고 즉시 연결이 안 되는 지역이야. 적과 교전을 해도 우린 지원 못 받고 적이 침투하면 이 자리에서 모두 자폭하라고 부대 주위에 클레이모어를 벌집처럼 깔아 놓았어. 그러니 함부로 밖에 나가 혼자 돌아다니지 마. 또한, 저기 보이는 저 곳이 북한 땅 연백이고, 저 철조망 보이는 곳이 북한 최정예 김신조가 훈련받은 124군 특수부대야. 서로 넘어와 목도 따 가는 특별한 곳이야."

참으로 그때 나의 소원이 있다면 통일이 아니고 내일 죽어도 오늘 제대하고 싶은 것이요, 정말 할 수만 있다면 해병대 탈영해서 동네 동사무소 가서 방위 생활하고 싶은 것이 소원이었습니다.

아! 내 친구 홍순이는 동네 동사무소에서 예쁜 미스들과 농담 나누며 아메리카노 커피를 홀짝거리며 아침저녁 어머님께서 싸 주시는 달걀 덮인 도시락을 맛있게 먹으며 희희낙락 방위 생활하는데 나는 이게 뭔가? 해병대가 모양새 나서 입대한다고 동네에서 송별회 뻐근하게 하고 왔건만, 지금 여기 비참하게 떨며 자라는 잠도 못 자고 끙끙 앓고 있는 나의 모습은….

"누나 이름이 뭐야?"
빨치산이 한 단계 낮은음으로 물었습니다. 무의식적인 공포 속에서 순식간에 튀어나온 나의 말.
"네, 사촌 누나이고요. 이름은 이홍순입니다. 나이는 스무 살이 되고 대학생입니다. 예쁩니다…."

한번 거짓말에 2탄, 3탄의 거짓말이 더 해지고 보태집니다. 잘은 모르지만, 스무 살이 되고 대학생이고 예뻐야 빨치산이 흐뭇해할 것 같아 빨치산이 다시 물어보기도 전에 미리 내가 알아서 재차 대답을 해버렸습니다.
며칠 산속을 헤매다 살찐 토끼를 발견한 배고픈 늑대처럼, '사촌 누나 이홍순' 하며 누런 이를 드러내는데, 아! 불쌍한 내 친구 방위병 이홍순이란 이름이 여기 최전방 GOP에서 굴러다닐 줄은 녀석이나 나나 꿈에도 몰랐습니다.

간덩이가 부어 갑니다.

다음 날, 선임이 손수 끓인 보약보다 귀한 라면을 내 허기진 배에 꾸역꾸역 밀어 넣습니다. 사람이 죽으려면 뭔 꿈을 못 꾸겠는가? 뜨끈한 국물이 있으니 독한 소주가 한잔 생각났습니다. 독한 소주 한잔에 오늘 이 복잡하고 정리 안 되는 상황을 모조리 잊고 싶었습니다.

'꿀꺽' 하고 마지막 남은 국물을 비우는데 빨치산은 회장님이 식사 마치시는 것을 공손히 기다리는 비서처럼 "여기 담배." 하며 화랑 담배 장초에 불까지 붙여 주는 것이 아닙니까.

며칠 후,

상황이 심각하게 돌아감을 인식한 나는 휴가 가는 대원을 통해 한 통의 편지를 전보처럼 날렸습니다.

이홍순 보아라!

너는 오늘부터 내가 제대하는 날까지 내 사촌 누나다. 글로 표현할 수 없는 복잡한 이유는 묻지 마라. 혹시 해병대에서 너와 사귀자고 편지 가면, 야 이 미친놈아, 나는 남자다 하지 말고 공손하게 답장해줘라.

너희 집 주소 알려 줬으니 네가 편지 보고 알아서 상황을 잘 판단하고 부디 건투와 건승을 빈다. 만약 이 모든 사실이 폭로되면 나는 발각과 동시에 동작동 국군묘지로 가니, 네가 진정 내 친구라면 우리 거기 동작동에서 절대 만나지 말자. 내가 너한테 좆도 방위 이홍순이라고 놀린 것 진심으로 사죄한다.

- 전방에서 조국을 지키는 둘도 없는 너의 친구 강민

빨치산은 신이 났습니다. 홍순이가 보내온 답장을 보고 희희낙락 역시 대학생 문장력은 다르다며, 오늘부터 어느 놈이 이강민이 건드렸다가는 여기서 살아서 못 나간다고 소대에 지침까지 내려놓았습니다.

더욱 기막힌 것은 녀석이 죽으려고 환장을 했는지, 아니면 눈에 콩깍지가 쓰였는지, 자기 모습이라고 사진 한 장을 턱 보내왔는데 그 사진 때문에 지하 벙커 안 소대가 발칵 뒤집혔습니다. 점잖으신 소대장님까지 편지 속 사진을 보며 입맛을 다시는 모습에 이건 사건이 보통 사건이 아니었습니다.

아! 드디어 이홍순이 이놈이 동네 친구 이강민이를 여기서 죽이는구나. 이놈이 동사무소에서 여자들과 희희덕거리더니 해병대 선임병

알기를 예비군 중대 선임 정도로 비교하나 보다 하고 분을 삼켰습니다.

녀석이 보내온 사진을 보고 나는 경악을 했습니다. 그 사진 속 여자는 녀석이 지갑에 꽂고 다니며 자기 스타일이라고 늘 엉큼스럽게 훔쳐보던 일본 여자 배우 사진으로, 반나체 자세로 입을 헤벌쭉하고 찍은 사진을 자기라고 보냈으니 벙커가 뒤집힐 수밖에요.

시간은 그렇게 그렇게 지나 사건은 상상의 수준을 넘어 소설 속의 꼬이고 엉킨 지경까지 도달하고 말았습니다. 세상에 완전 범죄는 없다 하고 수사반장 최불암이가 밝혀냈듯이 드디어 터지고야 말 비극의 사건이 한 발자국씩 먹구름처럼 내 앞으로 다가왔습니다.

빨치산이 말년 휴가를 간다며 휴가 가서 홍순 씨를 만나고 온다는 것입니다. 휴가 가서 이홍순이를 만난다?

아! 드디어 내가 국립묘지 갈 날도 멀지 않았구나.

도대체 이 참사를 어쩐다나? 만약 사실이 폭로되면 선임은 이홍순이는 물론 동사무소 방위병들까지 월남에서 베트콩 잡듯이 모조리 짓뭉개고 올 텐데 밥이 목에서 넘어가질 않습니다. 잠이 올 리 있나요? 아! 선임이 휴가 가기 전 목을 길게 내려놓고 '잘못했습니다.' 죽일 테면 죽이라고 이실직고해야 했는데…. 그만한 배짱도 없

고, 선임이 휴가 간 일주일은 내 군 생활 36개월보다 길었고, 솔직히
에라, 전쟁이나 터지라고 자포자기했으니까요….

며칠 후!

선임이 말년 휴가를 마치고 돌아왔습니다. 나는 속으로 '며칠 후
며칠 후 요단 강 건너가 만나리…' 하며 장례 찬송을 불렀는데, 선임
은 신기하게 웃었습니다.

부대에 오자마자 '야, 이 기합 빠진 졸병이 선임을 가지고 놀아?'
하며 곡괭이 자루를 집어들어야 순서가 맞는데, 선임이 웃으며 잘 있
었느냐고 어깨까지 두드려 주다니, 아! 이게 어찌 된 사건인가?

사건의 개요는 이러했습니다. 선임이 홍순이 집을 찾아갔습니다.
우리의 홍순이는 선임이 휴가 온다는 사실을 미리 알고 작전의 작전
을 전개했습니다.

동네 해병대 출신 선배 몇 분에게 이러쿵저러쿵 잘못하면 이강민
이가 선임 손에 맞아 제대도 못 하고 죽는다는 것을 설명하고 도와
달라고 부탁한 다음, 자기 집을 찾은 선임을 만나 술 한잔하자고 유
인한 뒤, 자기는 홍순이 오빠인데 홍순이는 이미 약혼자가 있으니
포기하라며, 자기 동생이 편지를 쓴 이유는 강민이가 군대 생활 좀
편하게 하도록 하려고 그런 거라며, 다른 여자 소개해준다는 약속

으로 기분 좋게 헤어졌다 이겁니다.

선배 말이라면 껌벅 죽는 해병대에서 동네 선배들이 빙 둘러앉아 얘기하는데, 거기서 그래도 나는 기어이 홍순 씨 만나고 가야겠노라고 반항했다가는 뼈도 못 추릴 것 같아 선임도 웃으며, 홍순 씨 결혼해서 잘살라는 한 마디를 남기며 돌아왔다는 거죠.

이 말을 듣는 순간 아! 하나님의 보호하심이란 이런 거구나 하는 생각과 내 친구 홍순이의 작전과 용병술은 이순신 장군의 노량대첩과 맥아더 장군의 인천상륙 작전과 비교해도 손색이 없다고 혀를 내둘렀습니다.

전역한 지 40년의 세월이 흘렀습니다.

몇 년 전 선임의 소식을 알았습니다. 태국에서 한국 식당을 운영한다는 선배님. 선배님, 그때 그 시절 제가 빨치산으로 부른 것 죄송합니다. 선배님, 홍순이보다 더 멋진 형수님과 잘 사시리라 믿습니다. 선배님, 보고 싶습니다. 그리고 내 친구 홍순이는 지금도 늘 내 옆에 남아 나의 든든한 나무가 되어 잘 지내고 있습니다.

2010. MBC「장웅의 병영 일기」에 방송된 내용

땅끝마을 염전

얼마 전, 땅끝마을 해남에 다녀온 적이 있습니다. 직업이 전국 팔도를 돌아다니며 식당에 주방용 승강기를 설치하는 직업이라, 아침에는 속초에서 물회를 먹고 점심에는 안동에서 찜닭을 먹으며, 저녁은 부산 자갈치 시장에서 꼼장어로 허기를 채우는, 하여간 동에 번쩍 서에 번쩍하면서 지내는 직업입니다.

2013년은 제주도에 공사가 세 군데나 터져서 정말 비행기와 여객선을 원 없이 타본 한 해였습니다.

3년 동안 자동차의 주행거리가 20만km를 돌파해 택시 운전하는 내 친구가 내 차의 기록을 보고 자기보다 더 뛴다고 혀를 내둘렀으니까요. '정말 지독하게 돌아다니는 놈'이라고 하면서….

지방 출장이면 가끔 아내와 함께 다닙니다.

땅끝마을 해남에 가니 염전이 있습니다. 같이 간 아내가 염전을 처음 보았는지 소금 만드는 염전을 구경하고 가자며 내 소매를 이끕니다.

중학교 3학년, 고등학교 합격 통지서를 받고 인천 시내 고등학교에 가기 위해 부푼 꿈을 키우던 열여섯 소년에게 커다란 시련이 닥쳐옵니다. 형님이 약혼식 날 친구들과 사진을 찍으러 가다 그만 차가 전복되어 뇌사 상태에 놓였다는 비보가 들려왔습니다.

그때부터 형의 인생은 물론, 부모님의 인생과 더불어 나의 인생도 한 치 앞도 보기 어렵게 꼬여갔습니다. 1960년대 자동차 보험은 물론 의료보험도 없던 시절, 형의 입원비와 수술비는 실로 우리 집 전 재산을 다 팔아도 감당키 어려운 실정이었습니다.

서울 성모병원에서 머리 수술을 다섯 번이나 한 형은 목숨은 건졌지만, 그 때문에 우리 집은 가지고 있던 논과 밭을 몽땅 팔고, 나는 고등학교 진학을 포기한 채 마을 앞 염전으로 일을 나가는 형편에 이르렀습니다.

나는 지금도 내 키가 작은 이유를 알고 있습니다.

형과 동생들은 키가 다 큰데, 나만 유독 작은 것은 열여섯 한참 키가 클 나이 3년 동안 어깨에 무거운 소금 목도를 지고 온종일 끙끙거리며 염전에서 소금을 날랐기에 키가 더는 올라가지 않았다고 판단합니다.

그나마 다리가 튼튼한 것은 3년 동안 물을 퍼 올리는 수차를 하루에 네다섯 시간씩 잡아 돌렸기 때문인데, 다리는 지금도 펄펄 날 만큼 튼튼하니 말입니다.

친구들이 교복을 입고 학교에 등하교하는 것을 나는 염전 수차에 올라 바라보면서 참으로 많은 눈물을 흘린 적이 있습니다. 이런 내 아픔이 배어 있는 염전을 아내는 신기한 듯 바라보며 내게 물어 옵니다.

"여보, 저기 저 소금 좀 봐. 참으로 신기하네!"

그렇습니다. 아내가 바라보는 염전은 아름답고 풍요롭고 신기합니다. 거기 열여섯의 내 아픔이 있고 거기 열여섯의 내 눈물이 고여 있다는 걸 아내는 모를 겁니다.

　방이 하나라 부모님과 한 방에서 지내던 어느 날, 몸이 아파 식은 땀을 흘리며 뒤척거리며 잠을 못 이루고 있는데, 부모님의 대화 소리가 잠자는 척 누워있는 내 귀를 타고 들려 옵니다.

　"둘째가 염전 일이 너무 힘드나 보네요. 식은땀을 비 오듯 흘리는데, 강민 아버지! 우리 둘째 어쩌면 좋겠어요?" 한참 적막이 흐르더니 천둥 꺼지는 아버지의 한숨 소리가 들려옵니다. 그리고 아버지는 자는 척하는 내 이마를 짚어 보더니 참으로 걱정이네 하며 방을 나가십니다.

　알지요, 아버지 마음. 자식놈이 어린 나이에 안쓰럽게 염전을 다니는 모습, 아니 염전에 다니며 벌어오는 몇 푼의 돈, 아버지가 손을 덜덜 떠시며 받으시는 거. 형의 수술비는 갈수록 늘어 빚에 빚이 더해 옵니다. 어머님께서 내 이마에 손을 얹으시곤 눈물 반 콧물 반으로 흐느끼십니다. 어머님의 슬픈 눈물이 내 얼굴에 뚝뚝 떨어집니다.

　잠자는 척, 죽은 척하는 열여섯의 나는 이를 악뭅니다. 그래, 내가 목도질에 어깨뼈가 으스러지고 쓰리게 짠 소금에 발바닥이 오그라지더라도 염전에서 죽자, 형 때문에 모든 희망을 한순간에 잃어버린 내 부모님을 생각해서 그래 이 한 몸 나는 염전에서 죽는다.

아내가 염전의 하얀 소금을 들고 활짝 웃으며 소리칩니다.

"참, 소금 깨끗하다."

순간, 45년 전 어머님께서 내 얼굴에 흘리신 소금보다 더 깨끗한 눈물방울이 내 눈물과 섞여 땅끝에 있는 마을 해남 염전에서 반짝이며 투영됩니다.

아버지와 소

어머님께서 암으로 3개월밖에 못 사신다는 의사의 통보를 받고, 어머님을 병원에서 구급차로 모시고 집으로 돌아오면서 같이 타신 아버지의 얼굴을 보았습니다.

63세의 나이가 630 정도나 들어 보이는 농부의 슬픈 얼굴, 내 아버지 이기진 님은 하얀 시트에 누워 눈만 둥그러니 떠 바라보시는 어머니 남기순 님의 손을 잡고 천둥 같은 한숨을 토해내며 울음을 삼키고 계십니다.

다음 날, 아버지와 아들이 소를 팔기 위해 새벽 길을 나섭니다. 그 병원에서는 3개월이라 하지만, 서울 큰 병원에 한 번 더 가보자는 아버지의 말씀에, 집에서 기르던 소를 팔기 위해 아버지는 어미 소,

나는 송아지를 잡고 새벽의 성황당 길을 오릅니다. 아버지는 저만큼 앞에서 어미 소를 끌고 앞서 가시고 나는 뒤에서 송아지를 끌고 뒤를 따르는데, 새벽의 차가운 공기를 뚫고 이상한 흐느낌의 소리가 들려 왔습니다. 새벽의 산새 소리 같기도 하고, 새벽바람에 스치는 갈대 소리 같기도 하고….

내가 그 소리의 정체를 알아낸 것은 얼마의 시간이 흐른 뒤 아버지가 연신 팔뚝으로 얼굴을 닦으시는 모습을 보고 난 뒤였습니다. 아버지가 소의 고삐를 잡고 우시는 것이었습니다. 소의 고삐를 움켜쥐고 흐느끼며 우시는 늙으신 아버님의 모습을 보며, 나도 송아지를 잡고 얼마나 울었는지…. 처음 아버지의 눈물을 보았고, 아버지가 우시는 모습을 보았습니다.

일본 강점기와 6·25 피난 시절에도 눈물 한 방울 흘리지 않으셨다는 아버지가 이 새벽 장터로 가는 성황당 고갯길에서 새벽을 깨우며 흐느끼십니다. 아버지는 울음을 자식에게 보이기 싫으셨든지 연신 "이랴!" 소리로 울음을 숨기시며 길을 재촉 하십니다.

내가 해병대 훈련 시절, 청자 담배 두 상자를 들고 인천에서 머나먼 진해까지 면회 오시어 멋쩍은 듯 자식에게 담배를 주시며 "이거

네 엄마가 사 준거니까 조금씩 피워!" 하시던 나의 고마운 아버지.

얼마나 걸었을까, 안개가 걷히고 새벽에 우시장이 나타납니다. 소를 팔고 시장의 순댓국집에 아버지와 앉았습니다. 순대 한 접시를 시켜놓고 소주 한 병을 주문했습니다.

"송아지 끌고 오느라 애썼다." 아버지께서 소주잔을 나에게 주시며 이런 말씀을 하셨습니다. "강민아! 네 엄마 소원이 뭔 줄 아느냐?" 아버지의 갑작스러운 물음에 곰곰이 생각해보니 나는 엄마와 28년을 살면서 아직 엄마 소원을 들어본 적도 없었고 물어보지도 않았는데, 조금은 궁금하기도 했습니다. 아버지는 한참을 망설인 후 입을 여셨습니다. "너 장가가는 거 보고 눈 감는 거야." 아! 어머니 소원이 내가 장가가는 거라니….

아버지에게 몇 잔의 소주를 더 청해 마시며 깊은 생각에 잠깁니다. 그래, 어머니의 소원을 한번 들어 드리자. 하지만 결혼은 여건이나 현실로 불가능한 것이었습니다. 우선 결혼할 상대 여자가 없고 가진 돈과 직업도 없으며, 인물도 변변치 못해 약속은 그저 약속에 그칠 수밖에 없었습니다.

어머니는 큰 병원에서도 가망이 없어, 다시 퇴원하여 이제 병원에서 제시한 3개월에 한 달이 남은 상태입니다. 그런 와중에 어머니의 소원을 들어주라는 하나님의 도우심인지 형님이 다니는 교회에서 연락이 왔습니다. 여자가 있으니 선을 한 번 보라고.

어둠 껌껌한 지하 다방에서 딱 한 번 얼굴을 보았습니다. 나는 사실 그때 무엇을 따지고 무엇을 내세울 형편이 못 되었습니다. 그리고 다음 날 빠른 편지 한 장을 보냈습니다.

"우리 어머님께서 앞으로 한 달밖에 못 사십니다. 그래서 나는 한 달 안으로 결혼해야 합니다. 이것이 어머님 소원이며 유언이기 때문입니다. 싱거운 얘기지만 열흘 안으로 결혼해 주실 수 있나요?"

그리고 답신이 왔고, 우린 결혼을 하였습니다. 교회에서 예식을 하는데 어머님께서 병원 차를 타고 오셨습니다. 아버지와 함께 앉으신 어머님께서 웁니다. 아버지도 울고, 나도 울고, 내 아내도 울고….

사정을 아시는 하객들과 주례 목사님도 울었습니다.

신혼여행을 뒤로 미루고, 인천 연안 부두에 가서 김소월 시인의 시 「엄마야 누나야」를 부르며 친구들과 어울렸던 기억이 떠오릅니다. 어머님은 보름 후 돌아가셨고, 아버지는 그해 가을 어머니를 그리다 어머니 곁으로 가셨습니다.

나는 결혼 후 장모님을 어머니처럼 생각하며 30년을 함께 한집에서 살고 있습니다. 이젠 장모님과도 함께 늙어 갑니다. 아버님! 이제 낙엽이 지고, 그 낙엽이 아버지 산소에 눈처럼 쌓이는 겨울이 오면 아버님의 산소에 찾아뵙겠습니다.

장모님의 일기

2007년 **음력으로 12월 30일**, 양력으로는 12월 7일, 내 동생 차정호 하늘나라 갔다. 정말 슬프다.

2010년 2월 24일, 시계 밥을 주었다. 나도 고깃국에 밥 먹었다.

2011년 4월 5일, 새벽기도 시간 집에서 5시에 일어나 준비하고 교회 간다. 잠은 자정에 깨었지만, 교회 가면 6시 딱 맞아서 기분이 좋다.

2011년 7월 11일, 우리 손자 이욱제, 할머니 용돈 5,000원 줘서 감사하다. 첫째는 건강하고, 차 조심하기를 할머니는 기도한다.

2011년 8월 19일, 우리 둘째 며느리 선율 엄마, 감사하다. 두꺼운 옷도 사 주고 가벼운 옷도 사주어 잘 입고 있다. 잘 살아라!

2012년 2월 8일, 순천향병원에서 약 타왔다. 내가 정신이 없다고 의사 선생님께서 말한다. 나는 정신이 있는데 의사 선생님은 왜 그럴까? 그렇지만 약을 먹었다.

  80이 넘으신 장모님의 일기장은 충무공 이순신 장군의 난중일기처럼 색이 노랗게 바랬다. 책이 오래된 것은 물론이고, 거기 일기장 속에는 장모님의 삶이 아프게 묻어있는, 한편의 기막힌 역사가 배어 있다.

  나이 40대에 남편을 먼저 보내고 5남매를 업고, 이고, 둘러메고 한 세상 힘겹게 살아오신 장모님이다.

  내 나이 스물여덟에 나의 어머님은 돌아가시고, 스물여덟에 결혼하여 서른 살부터 모시고 살았으니, 살아온 시간으로 계산하면 내 친어머님보다 긴 시간 동안 나와 같이 사신 장모님이다. 이젠 서로의 나이가 60을 넘고 80을 넘어 반바지 속옷 바람에 마주 앉아도 부끄러울 것이 없고, 장모님이 화장실 목욕탕에서 늘어진 젖통을 드러내고 흔들어도 전혀 감각이 없는 우리는 함께 늙어가는 한가족이다.

  장모님의 휴대전화기 1번 단축 번호가 아들딸, 며느리, 다 제쳐놓고 큰 사위인 내가 1번이라는 사실 하나만으로 장모님과 나는 한몸이다.

  이런 장모님이 요즘 치매가 심해져 온 집안을 긴장시키고 있다. 저녁을 아침으로, 아침을 저녁으로 기억하시어 해 뜨고 해 지는 감각이 떨어지시고, 문 열고 잠그는 것부터 시작해 불 끄고 켜는 것까지 너무 가르치고 연습시키는 일이 많다.

아내가 "엄마, 그건 그게 아니고 이렇게 하는 거예요!" 하고, 하나라도 알려주려 하면 괜히 슬퍼 우신다.

너도 늙어 보라며 늙은이 무시한다고, 아내는 아내대로 스트레스가 쌓여 엄마 보기를, 최영 장군이 돈을 돌처럼 보듯이 쌀쌀 맞게 돌아선다.

아! 우리 어머님, 나의 장모님이 어쩌시다가 이렇게 되셨을까? 성경 창세기부터 요한계시록까지 줄줄이 쓰시며 매일 외우시던 장모님, 70이 넘어서도 나보다 컴퓨터를 더 잘하시어 베트남에 있는 아들과 채팅으로 글을 주고받으시던 국제파 장모님.

장모님의 빛바랜 일기장을 보며 그간 살아오신 긴 여정에 힘찬 박수를 보낸다.

하나님이 부르시는 그날까지 나는 장모님을 보호하는 1번 참모로서 그 사명을 다 하고 싶다.

하나님이 부르시는 그날까지….

가짜 1

환갑이 다 된 나이입니다. 만약 60여 년 전 한국 전쟁 그때에 지금의 내가 있었다면, 인민군은 나에게 인민의 피를 갈취하는 살찐 반동의 자식이라고 인민재판에 몰아세웠을 것이고, 국군이 지금의 나를 보았다면 뚱뚱하고 피둥피둥한 일본 강점기 지주의 아들이라고 삿대질을 했을 겁니다. 이유는 살이 쪘다는 것입니다.

165cm에 73kg. 뭐, 길거리에 다니면 사람들이 몰려들 정도로 살진 돼지는 아니지만, 내가 내 몸을 보아도 돼지의 집안입니다. 그래서 이놈의 살을 줄여볼까 고심하고 고심하다 교회에서 진행하는 문화강좌 프로그램 중 요가 과목을 아내와 함께 신청했습니다.

살과의 전쟁을 위하여….

　요가 강의실에 내려가니 전부가 아줌마인데, 남자는 혼자뿐이라 머쓱하고 창피하기가 여간 아닌데…. 그래도 해병대 출신이라 얼굴에 철판을 깔고 선생님께서 시키는 대로 이리 구르라면 구르고, 저리 엎어지라면 엎어지고 환갑의 나이에 서커스를 하고 있습니다.

　아줌마들이 내 앞 좌우에서 다리 가랑이를 푹푹 찢으며 괴성을 지르고, 어느 아줌마는 볼기짝이 반이나 드러난 채 내 앞에서 흔들어 대고….

　여자 강사가 앞에서 다리 벌리고 엉덩이 뒤틀면서 하는 동작은 그래도 강사라 봐준다고 하지만, 저기 점잖기로 소문나신 여자 권사님이 내 앞에서 가랑이 벌리고 신음하는 것은 참으로 간 큰 내가 보기에도 심장이 벌렁벌렁했습니다.

　내가 보기에도 이런 거 보면서 같이 하는 나는 보통 사람이 아닙니다. 그런데 참으로 이상한 것은 그놈의 명상 시간입니다. 가부좌를 틀고 앉아 배꼽 밑에 힘을 주고 코로 숨을 쉬며, 모든 잡념과 시름을 내려놓고 깊이 묵상하라는 것입니다. 그렇게 묵상하면 모든 잡념과 시름이 없어지고 새로운 기운이 살아난다는 겁니다.

　한 5분 그렇게 하는데, 나는 그 5분이 고역 중의 고역입니다. 앞에 앉

아 가부좌를 틀고 있는 우리 아내는 뭐 그리 한이 많은지 한숨만 푹푹
쉬고, 옆자리의 여자 전도사님을 곁눈질로 슬쩍 보니, 모습이 웃는 것
인지 우는 것인지 삼라만상의 묘한 표정을 짓고 계십니다. 나 스스로
판단하길 오늘 담임 목사님께 된통 혼나 이를 갈고 계신 듯합니다.

솔직히 명상하면 몸이 맑아지고 머리가 개운하다고…. 선생이고
학생이고 한마디씩 다 하는데, 나는 명상 시간이면 오만 가지 잡생각
이 떠올라 더 머리가 복잡하기까지 합니다.
'아침 밥상에 내가 좋아하는 고추 안 올려놨다고 한바탕해서 아내
에게 미안한 일, 회사 거래처에서 돈 받아야 하는데, 고래 힘줄 같이
질기고 질긴 사장에게 돈 받아 낼 일 등등.'

나만 명상시간에 유독 잡생각이 많은가? 하도 궁금해서 옆에 있는
전도사님에게 "전도사님은 명상시간 딴생각 안 들어요?" 하고 슬쩍
물으니 전도사님이 빙그레 웃으며 "아이고 권사님, 나도 이 시간이면
잡념이 더 들어 죽겠어요," 하는 말에 아, 역시 명상은 강사가 만들어
낸 가짜구나 하고 결론을 냈습니다.

그렇습니다. 명상은 옛날 삼국시대 사명대사나 원효대사같이 고승
이나 하는 것이지, 어찌 하루 앞길도 모르고 오늘 벌어 오늘 먹고 살기

급급한 우리 하루살이들이 그것 5분 한다고 세상 시름이 없어지겠습니까? 모두가 깊은 명상에 잠겨 세상 것 다 내려놓고 '푹푹' 숨을 쉬고 있는데, 내 생각엔 전부 가짜같이 보입니다…. 진짜처럼 포장된 가짜.

그렇습니다.

어찌 그런 잠깐의 운동으로 세상의 짐을 내려놓겠습니까? 죽어 숨이 끊어져야 모든 짐 내려놓는 거지….

그래, 이번 주 명상에는 어디 좋은 것만 한번 생각해보자. 우리나라에서 평창 동계올림픽이 확정됐다는 기쁨의 소식, 제주도가 7대 세계 유산으로 등록되고 제주 앞바다에 천연가스가 무진장 있다는 기쁨의 소식, 일본이 독도를 대한민국 땅이라고 공표하고 천황이 광화문 이순신 장군 동상 앞에서 사죄한다는 소식, 우리나라 여야 국회의원들이 자진하여 세비를 장애 단체에 기부하고 새벽이면 환경미화원을 도와 여의도를 청소하고 있다는 기쁨의 소식, 이래서 환경미화원들이 그 적은 월급에도 국회의원 후원금을 기분 좋게 낸다는 더 기쁜 소식….

이런 생각만 하고 어디 명상을 해보자.

어차피 가짜로 명상해봐야 스트레스만 쌓일 테니까.

가짜 2

2010년 무척이나 더운 8월. 분명히 몸이 늙었음을 날씨가 말해 줍니다. 그래 몸은 늙었다고 인정하지만, 작년까지만 해도 마음만은 그래도 청춘이라고 우겼는데, 이놈의 날씨 앞에서는 마음도 늙었다고 두 손을 들었습니다.

결혼 후 반지하 방과 월세방을 십수 년 동안 전전하다 하나님의 도우심과 잘 나가는 조카딸을 둔 덕분에 부천 제일이라는 '위브 더 스테이트'란 집에서 사는 영광을 누리게 되었습니다.

장마철이면 부엌에 물이 넘쳐 양동이로 물 퍼 나르기가 일상이었던 우리는 그 좋은 집으로 이사 오면서 참으로 엄청난 꿈을 가졌습니다.

'이 집을 꿈의 동산으로 만들자.'

그래서 남태평양에서 산다는 물고기를 사다 어항에 넣고 그 재미와 신기함에 행복해했으며, 화분에는 알래스카 눈 속에서나 살 것 같은 싱싱하고 푸른 나무와 오색찬란한 꽃을 사다 꾸미는 등 온갖 주접(?)을 떨며 살았습니다.

50년 전 초가집에서 살던 촌놈이 처음 몇 달은 사는 것이 이런 거구나 하며 기쁨에 겨웠습니다.

아내가 홈플러스에서 어묵가게를 하고부터 집에서 지내는 시간이 줄어들더니 차츰 모든 것에 관심이 줄어들고 어항 속에 물고기가, 화분의 꽃들이 죽어가고 시들기 시작했습니다. 그 보는 즐거움이 1년을 넘길 즈음, 우리 부부는 중대한 결심을 시작했습니다.

살아 있어 우리를 피곤하게 하는 것을 모두 죽여(?)버리고, 죽어 있어 우리를 기쁘게 하는 것으로 바꾸자. 그래서 생각해낸 것이 가짜 꽃, 가짜 물고기입니다.

가짜가 진짜보다 엄청나게 화려합니다. 어떤 분은 우리 집에 와서 화분의 나무를 보고 어쩜 이렇게 곱게 길렀느냐며 탄성을 자아냅니다. 그리고 탐내듯 비법을 물어봅니다. 끝내 민망해서 가짜라고 하면 자기도 그것 파는 데 소개해달라며 당부를 하곤 합니다. 감탄과

감탄을 연발하며….

엄청나게 편합니다. 어항에 가짜 고기는 생전 죽을 일도 없고 화분의 가짜 꽃은 평생 물 줄 일도 없고…. 우리 부부 몸은 엄청나게 편했습니다.

그리고 그런 것들을 보다 언제부터인가 문득 이런 생각이 들었습니다. '하나님이 보시기에 나도 가짜가 아닐까?' 그리고 이내 등골이 오싹함을 느꼈습니다.
나의 예배, 나의 봉사, 나의 믿음이 온통 가짜가 아닐까? 겉보기에만 화려하고 멋있는….

어떤 가수가 노래했듯이 여기도 가짜, 저기도 가짜가 판친다고. 과연 내 신앙은 진짜인가 하고 묻고 싶고, 반성하고….
고개 숙이고 싶은 밤입니다. 솔직히 십일조 드리고, 주일 예배 잘 참석한다고, 나는 보통은 된다고 하면 그 정도 공인은 받겠지만, 저 천국 하나님 앞에서는 어림 반푼도 없는 허튼수작일 겁니다.

천국이 소나 돼지나 개나 걸리나 아무나 가나요? 그런 식으로 따진 다면 가룟 유다도 갔을 겁니다.

왜냐면 그도 예수님 따라 3년은 죽으라고 충성했는데, 죄 진 것은 고작 한 달밖에 안 되니까요.

가짜!

진짜가 판치는 세상에 가짜가 몇 개 있어 뉴스가 되어야 하는데 가짜가 판치는 세상에 진짜가 몇 개 있어 뉴스가 되어가니 참으로 묘합니다.

가짜와 진짜를 가려내는 일은 성경 속에도 있더군요. 예수님이 부자에게 모든 것을 나눠주고 나를 따르라고 하니 부자가 어떻게 했습니까?

우리는 내가 진짜인지 가짜인지 다 알아요.

그런데 죽어 천국 가는 일은 아직 먼 훗날 일이라 생각하고 살아가므로, 당장 편해야 하니까 그냥 가짜로 머무르고 싶은 거죠.

세상에 의인은 없다고 하셨지만, 분명 하나님은 복 있는 사람은 악인의 길에, 죄인의 길에 들어서지도, 빠지지도 말라고 하셨는데, 솔직히 내 습관적인 행동까지 포함하면 하루 반 이상은 이것이 진짜인지 가짜인지 구분을 못 하고 사는 것이 요즘 아닌가 생각합니다.

아! 가짜도 가짜 나름인가?

누구 진짜이신 분, 답 좀 주세요.

김 형사, 1호차
출동시켜

아내로부터 다급한 전화가 왔습니다. 중학교 3학년 아들 녀석이 일주일째 학교에 오질 않는다고 학교 담임선생님에게서 전화가 왔다는 것입니다. 찬이가 어디 몸이 아프냐고?

그럴 리가 그럴 리가를 연발하며 아내는 학교로 달려갔고, 이내 담임선생님께 들은 아들 녀석의 학교생활은 '설마'하는 아내의 한 가닥 마음을 끊어 놓았습니다.

아들이 일진회 멤버이며, 그 친구들은 패싸움하다 잡혀가 거의 소년원에 있다는 것입니다. 그러면서 찬이도 혹시 거기 연루된 거 아닌지 모르겠다며….

교회도 잘 다니고, 아니 교회를 잘 다닐 정도가 아니라 교회에서 학생회장까지 하는 놈이 '깡패 조직 일진회라니….'

이름 또한 늘 보람차게 살라고, '이보람찬'이란 네 자의 긴 이름을 붙여주어 나름대로 보람차게 잘 키웠다는 아이 아닌가? 그뿐인가, 집에서는 부모 말을 거역한 적이 없으며 이웃으로부터도 참 착하다는 아이가 일진회라니.

아내는 집에 오자마자 마룻바닥에 덥석 주저앉아 슬픈 눈물을 흘리며 흐느낍니다.

"아이고, 아이고! 이젠 이 일을 어떡해…."

그런 아내를 달래 아내와 함께 우선 아들부터 찾기로 했습니다.

아침밥 잘 먹고 "학교 다녀오겠습니다." 하고 가방을 메고 나간 아들을 학교가 아닌 PC방과 만화방을 뒤지며 찾기 시작합니다. PC방 좁은 계단에서 몇 명의 까까머리 중학생들이 끼리끼리 모여 담배를 피워댑니다. 남학생 틈에 끼여 여학생들도 담배 연기를 허공에 뿜어 올리며 시시덕거립니다.

어른이 계단을 힘겹게 내려가는데도 슬쩍 보기만 할 뿐 비키지도 않습니다.

애들에게 묻습니다.

"애들아! 너희 북중학교 다니는 이보람찬이란 학생 혹시 오늘 보았니?"

참으로 비굴하게 내가 또 묻습니다.

"보람찬이 아빠인데, 집에 급한 일이 있어 그런데 혹시 알면 얘기 좀 해줘…."

한 학생이 담배를 계단에 집어던지며 한마디 말을 던집니다. "아씨, 우린 보람찬인지 절망찬인지 그런 애 몰라요."

그러자 계단에 몰렸던 학생들이 끽끽 대면서 "보람찬, 보람찬." 하며 콧노래로 흥얼거립니다. 울컥했지만 참았습니다. 울컥해 봤자 별수가 없었으니까요. 요즘 애들 잘못 건드렸다 큰 낭패 보았다는 뉴스, TV에서 자주 보았거든요.

아들을 찾아 거리를 헤맵니다. 자식이 하나라 하나의 자식을 끔찍이 사랑했던 우리 부부, 그리고 그런 부모의 마음을 잘 알아주는 착한 아들, 이것이 내 아들 이보람찬이었습니다.

가끔 늦는 날이면 착하고 공부 잘하는 애들과 모여 밤늦도록 도서관에서 공부하는 줄 알았지, 설마 팔뚝에 문신 있는 경찰서 소년계에서 요주의 인물로 감시하는 건달들과 어울려 싸움하고 도둑질하러 다닐 줄은 꿈에도 몰랐습니다. '자식을 헛 키웠구나.' 하는 자책과 '이놈의 새끼 잡히기만 해 봐라.' 하는 분기가 머리끝까지 차올랐습니다.

다시 PC방을 기웃거립니다. 혹 이곳에 있을까 하고. 왜 PC방은 지하에만 있는지, 이곳도 PC방 지하 계단에 학생들이 쭉 늘어져 담배를 꼬나물고 있습니다. 참으로 예의 없는 못된 놈들 같았습니다. 그래도 어른이 계단을 내려가면 비켜설 줄도 알고 빨아들이던 담배 연기도 멈출 줄 알아야 작은 예의인데, 녀석들은 애초에 그런 매너라는 것이 없어 보였습니다.

"야! 이놈, 너 몇 학년이야? 어린 자식들이 어른이 지나가는데 비키지도 않고 담배만 빨아 대?"

나도 모르게 고함을 쳤습니다. 아내가 그러는 내 허리를 잡고 "여보, 우리 그냥 가!" 하며 날 잡아끕니다.

내가 "야! 이놈의 새끼들!" 하고 다시 한번 고함을 치자 조그만 중학교 학생들은 머리를 긁으며 자리를 피했는데, 어라? 지하 PC방에서 몇 명의 덩치 큰 고등학생들이 밀려 나왔습니다.

참으로 언뜻 보니 녀석들은 TV 뉴스 때마다 〈학교 폭력, 무서운 십대〉 하고 뉴스의 첫머리를 여는 일진회 회원 같았습니다.

"뭐야 아씨, 아씨가 애들 담뱃값 줬어? 왜 그래? 나이 먹은 사람이."

녀석들은 날 아래위로 꼬나보며 빙 둘러쌉니다. 아내가 벌벌 떨며 내 허리에 매달립니다.

지금 생각해도 내게 그런 생각이 어디서 났는지, 지금도 그 생각만 하면 가슴이 벌렁벌렁해 옵니다. 그리고 다시금 나의 돈키호테 같은 머리에 부탁하건대, 제발 희한한 생각의 수도꼭지 좀 잠가주시길….

주머니에서 핸드폰을 꺼내 들고 소리를 지릅니다. 그리고 덩치 큰 한 녀석의 멱살을 잡고 전화기에 고함을 지릅니다. "김 형사, 내동 120번지로 1호차 출동시켜! 어제 수배된 그놈 잡았어."

그리곤 뒤에 있는 아내에게 소리칩니다. "아줌마! 애들 얼굴 빨리 사진 찍어요."

아주 순식간에 일어난 일이라 나에게 멱살을 잡힌 녀석이 엉거주춤 허리를 숙이며 무릎을 꿇습니다.

"형사님, 죄송합니다."

그리고 주위에 있던 놈들은 후다닥 바람보다 더 빠르게 도망을 칩니다. 뒤를 돌아보니 아내는 어안이 벙벙한 채 이상하게 돌아가는 현장을 보고 놀란 듯 입을 벌리고 있습니다.

"너 이 새끼, 오늘 죽는 줄 알아!" 나는 내 아들 친구 일진회 조직원이나 잡은 듯 발길로 녀석의 가슴을 내쳤습니다. 저 만큼에 나가떨어진 녀석은 이때다 싶어 정말 바람보다 더 빠르게 골목을 빠져 도망을 갑니다.

아직도 전화기에선 "야 강민아, 뭔 일이야? 왜 전화 걸어놓고 말 안 해? 야! 이놈아, 김 형사는 뭐고 1호차는 뭐냐?" 하며 급한 김에 눌러 버린 고향 친구의 놀란 전화 목소리가 메아리치고 있습니다.

내가 생각하기에도 형사 같지 않은 내가 형사 행세를 하고 거기다 두목 놈을 발길로 차기까지 했으니, 녀석들이 조금 있다 몰려 올 것 같아 나도 얼른 바람보다 빠르게 더 빠르게 그곳을 빠져나왔습니다.

아들 녀석을 어떻게 하면 바로잡을 수 있을까, 고민 끝에 중부 경찰서에 경찰로 근무하는 교회 후배를 찾아갔습니다. "백 형사! 우리 아들이 문제여서 참으로 속이 상하니 나 좀 도와주게. 아들이 들어오면 내가 잡고 있을 테니 자네가 백차 끌고 와서 이놈 좀 잡아가게. 경찰서 끌고 가서 혼 좀 내주고 경찰서 안 유치장도 보여주고, 일진회는 잡혀 소년원 가면 반은 죽어서 온다고 엄포 좀 놓으시게."

녀석이 다 늦은 저녁에 집에 들어왔습니다. 녀석도 벌써 눈치를 챘었는지 풀이 죽은 채 앉아 있습니다. 녀석을 회초리로 때릴까 하다가 경찰서 백 형사에게 전화를 하였습니다. 5분도 안 되어 경찰차가 왱 왱거리며 달려오고 두 명의 형사가 집에 들이닥칩니다. 권총 찬 형사들이 수갑을 치켜들고 "이보람찬, 너 맞지? 너 북중 일진회 조직원이지? 너희 엊그제 패싸움했지? 너를 체포한다." 하고 형사는 수갑을 꺼냅니다.

아내가 애원합니다. "아이고! 순경 아저씨, 우리 아들 한 번만 살려 주세요. 우리 아들 죄 없어요, 다시는 안 그럴 거예요." 짜고 치는 각본인데도 아내는 각본을 잊고 현실로 착각한 채 땅을 치며 웁니다. "아이고! 내 아들 찬아!" 하고.

형사는 각본대로 "너, 네 부모님 얼굴 봐서 수갑은 안 채우는데, 나와 경찰서 가. 녀석의 얼굴이 새파래집니다. 제 딴엔 일진회라고 학교에서는 거들먹거렸겠지만, 형사가 허리춤을 잡고 끌고 나가는 모습에 괜히 얘기했나 하는 염려마저 했습니다. 다시 전화를 걸었습니다. "백 형사! 우리 아들 너무 심하게 다루지는 말게."

그리고 다음 날 아들을 데리고 학교에 갔습니다. 교감 선생님을 만나 말했습니다. "우리 아들은 학교에서 키우기 어려운 형편이니, 이젠 학교를 자퇴시키고 제가 제 방식대로 키우겠습니다.”

또 다음 날 속초행 비행기에 몸을 싣습니다. “너, 비행기 타는 거 처음이지? 너 다음에 비행기 탈 때는 이런 기분, 이런 분위기로 타지 마라. 오늘 이 비행기의 느낌을 평생 기억하고 아버지가 지금부터 너에게 명령을 하달한다. 지금부터 너는 속초 작은아버지 가게 가서 연탄 배달, 석유 배달을 한다.”

해병대 훈련소 교관 출신의 깡다구 좋은 막냇동생이 속초에 살고 있습니다. 내가 “야, 막내야! 찬이가 속 좀 썩여 데리고 가니 네가 사람 좀 만들어라!” 하니 녀석은 의미심장한 미소를 지으며 답을 합니다.

아들 녀석을 입에 단내가 나도록 잡아 돌리나 봅니다. 아직도 동생은 해병대 훈련소 교관인 양 중학교 3학년짜리 조카를 그 추운 겨울 새벽부터 저녁까지 잡아 돌립니다. 연탄 배달 석유 배달로 한 치의 잡념이 들 시간도 주지 않습니다. 그렇게 3개월이 지날 즈음 한 장의 편지가 왔습니다.

“부모님, 이젠 옛일은 다 잊어버리고 새사람이 되겠습니다. 부모님, 용서해주세요.”

세상에 어느 부모가 아들이 잘못을 비는데 벌을 주는 부모가 있겠습니까? 세상에 어느 부모가 아들이 새사람이 되겠다는데, 새사람 되기 전 벌 먼저 받으라는 부모 있겠습니까? 몰라보게 변한 아들이 속초에서 검게 탄 얼굴로 돌아왔습니다.

마치 월남에서 돌아온 김 상사처럼….

고등학교에 가야 하는데 녀석의 성적으로는 부천에서 갈 만한 학교가 없습니다. 인문계는 꿈도 못 꾸고, 힘들게 공고에 들어갔습니다. 그리고 녀석은 몰라보게 변해 갑니다. 기능대학 야간학과에 들어간 녀석은 육군 이기자 부대에 입대하여 군 복무를 마친 후 다시 복학하여 편입시험을 거쳐 서울시립대로 편입하고, 이내 졸업을 하여 직장을 잡고 장가를 들어, 이젠 한 아이의 아버지가 되기까지 긴 여정을 숨 가쁘게 살았습니다.

이젠 교회에서 중·고등부 교사로, 호기심 많고 반항심 많은 십대들을 상담하는 선생님으로 봉사하고 있으니 여간 기쁜 일이 아닙니다.

애들 키우기가 힘듭니다. 대통령의 아들도 크게 성공한 사례가 없고 유명한 목사님의 자녀도 부모님 얼굴 욕보이는 일이 부지기수입니다.

그때는 힘들었지만, 그 힘든 시기를 잘 이겨낸 그런 자신의 아픈 과
거를 회상하며 오늘을 열심히 살고 있는 우리 아들 찬이에게 큰 박
수를 보냅니다.

오고초려와
강산규 목사님

어릴 적 삼국지에 푹 빠진 적이 있었습니다. 그 덕에 선이 굵은 역사 선생님께 근래 보기 어렵다는 모범생이란 칭호를 얻었고, 깐깐하기로 소문난 수학 선생님께서는 참으로 공부시키기 괴로운 학생이란 애칭을 얻었습니다.

삼국지!

중국의 광활한 대지를 누비던 풍운아들의 대서사시로 삶과 죽음, 그리고 사랑이 뒤엉켜 오천 년 역사를 뒤흔든 장편소설입니다. 그중 도원결의, 적벽대전, 여포와 초선과 적토마, 그리고 광야의 조조, 수염 휘날리는 관우, 그의 아우 장비 등 수많은 인물과 명장면이 있지만, 그중 으뜸으로 난야에 은거한 제갈량을 찾아가는 촉한의 유비를 꼽습니다. 이름 하여 '삼고초려', 세 번을 찾아가 엎드려 모셔왔다는 뜻입니다. 그 제갈량에 대해서는 지면을 할애하지 않겠습니다. 유비가 죽으며 왕권을 아들인 유방이 아닌 신하 제갈량에게 주려고 했으나, 그는 끝내 유방의 부족함을 알고도 그것을 사양한 선한 사람이기 때문입니다. 선한 사람이기 때문에….

만약 제갈량이 유비의 명을 받들어 황제에 올랐다면 중국의 삼국은 어떻게 변했을까요? 삼국을 통일했다면 훗날 역사가들은 제갈량에 대해 어떤 평가를 했을까요?

서두가 너무 길었습니다.

2009년 4월 5일, 우리 교회와 자매결연을 한 파주 선한교회에 남선교회 선교부 8명의 회장님을 모시고 다녀왔습니다.

작은 예배당에 굵직한 남자 여덟이 들어서니 예배당이 꽉 차 보였습니다. 말씀하시는 강산규 목사님의 목소리도 한껏 힘이 들어가시어 간만(?)에 강대상까지 치시며 영혼이 담긴 말씀을 전해주셨습니다. 머리가 맑은 편이 아니라 많은 내용을 기억하지 못하지만, 한 사람의 새 신자를 찾기 위해 다섯 번을 찾아갔다는 말씀을 듣고 가슴이 뭉클했습니다.

그러나 뭉클함은 그 순간뿐이고, 오늘도 삶의 현장에서 이리 뛰고 저리 뛰다 이불을 덮고 자려 하니, 어제 간증하신 반석교회 사모님의 눈물과 이름도 아닌 성 하나를 가지고 사람을 찾기 위해 아파트를 열 번이나 돌았다는 목사님의 말씀이 자꾸 북받쳐서 벌떡 일어나 컴퓨터 앞에 앉았습니다. 맞춤법도 모르는 촌놈이지만, 이것도 선교라고 생각하고 씁니다.

코미디 같지만, 그래도 제 글이 사람과 사람들의 소개로 복음 실은 극동방송과 MBC 여성시대에서 전파를 탔고, 더 웃기는 건 한국일보에서까지 전화가 와 선생님 글을 우리 신문에 게재해도 되느냐고 물어왔습니다.

자랑하려고 하는 이야기는 아니고요, 그런 화려한(?) 경력의 글솜씨로 선교지 교회를 소개하고자 합니다.

목사님의 설교내용을 들은 기억대로 옮겨보겠습니다.

새 신자가 연속 2주째 예배에 참석했습니다. 개척교회는 참으로 조심스러운 것이 많습니다. "어디 사세요? 등록하시죠!" 하는 소리가 목까지 나왔지만, '혹시 부담 갖지 않을까? 그래, 다음 주에 나오면 심방도 하고 등록도 받자!'라고 생각한 것이 고생의 시작이었습니다. 다음

주 그 자매분이 예배에 참석을 안 합니다. 다시 기다리지만, 그다음 주도 그분은 보이지 않았습니다. 목사님이 알고 있는 건 단지 고씨라는 성과 근처 아파트에 산다는 것뿐.

바울처럼, 바나바처럼 성경책 하나를 옆에 끼고 아파트를 돕니다. 어디에서 이분을 찾을까? 흐르는 눈물을 그냥 닦지도 않고 아파트를 돕니다. 나이 50이 되어 하는 개척교회, 예수님처럼 찾아왔던 그분이, 내 힘들고 지친 목회생활에 숙제만 남기고 왔다 사라졌습니다. 두드리며 찾으라는 커다란 숙제만 남기고…. 아파트 경비에게 경찰서 형사처럼 인상착의를 설명했습니다.

"이렇게 생긴 고씨 성을 가진 여자분, 여기 이 아파트 안 사나요? 없다고요?"

경비 아저씨가 소금은 뿌리지 않았지만, 뒤에서 미친 사람이라 하며 돌을 던지는 것 같았습니다. 잃어버린 한 마리의 양, 아니, 다 이루신 주님을 찾기 위해 오늘도 내일도 아파트를 돌았습니다.

지성이면 감천이라고 했던가! 아니 두드리면 열린다는 주님이 답을 주신 것일까? 그렇게 알아낸 아파트 문 앞에서 숨을 멈췄습니다. 주여! 노크할 용기가 없었습니다. 자매님 내가 '물어물어 며칠을 찾아

헤매다 이제야 찾아왔습니다.' 하고 노크할 자신이 없어 주보만 문틀에 끼워놓고 돌아섭니다.

한 번, 두 번, 세 번, 네 번, 다섯 번. 눈물에 눈물이 보태져 개척교회 목사는 노크할 용기도 없어 눈물만 흘리고 돌아섭니다. '아버지, 아버지의 뜻이라면 이 자매님 우리 교회에서 예수님을 만나게 해주세요.'

"세상에 깔린 게 사람이고, 그 깔린 사람 반이 예수님을 모르는데, 왜 미자립 교회냐고요? 그렇게 말씀하시면 할 말 없지요. 미자립 교회는 대형교회들에 신세만 지는 죄인이니까요. 하지만 나는 못났어도 우리 교인 몇 안 되는, 우리 착한 교인들은 무슨 죄가 있나요?"

목사님의 설교는 무서운 폭풍을 지나 평화의 바다에 진입하고 있습니다.

"이 권사님, 저기 저 자매님이 내가 다섯 번 찾아가 등록시킨 고덕례 자매입니다. "

나는 목사님이 다섯 번 찾아가 병살타만 날리고 미련의 눈물만 흘리고 돌아오신 줄 알았는데 월척을 잡으셨어요, 월척을…. 두드리면 열린다고요? 말은 쉽지요. 말은 두드리면 열린다고….

그런데 요즈음은 두드리면 열어놓았던 문도 다시 잠가요. 세상이 변한 거죠.

'다 이루었다'는 목사님의 설교 제목. 그래, 조용기 목사님이나 김수환 추기경만 다 이룬 것일까?

한 마리의 양을 찾기 위해 눈물 흘리며 다섯 번을 찾아간 개척교회 강산규 목사님은 못 이룬 것일까?

우리 주님이 한쪽 팔에는 자매를 안고 "너, 정말 잘 왔다. 사랑하는 내 딸아!" 하시며 기뻐하셨을 것이고, 한쪽 팔로는 목사님을 부여안고 "너, 정말 잘했네! 사랑하는 목자야." 하시며 웃으시는 것 같다. 남자가 남자 보기에도 그렇게 목사님이 예 뻐 보일 수가 없었습니다. 소녀시대, 아니 원더걸스가 예쁘다고요? 웃기는 얘기예요. 인생의 바닥을 쳐본 사람은 그 잘나 빠진 낯짝만 보질 않습니다.

똑똑…. 퇴근한 아들이 문을 두드립니다. 제 방에서 나가라는 거죠. 언제나 두 번째인 나는 컴퓨터를 아들에게 물려주고 코를 심하게 고는 아내의 이불 속으로 들어갈 시간입니다. 2등은 1등을 바라볼 수 있는 희망이 늘 있기에 2등은 행복합니다.

우리 선한감리교회 강산규 목사님, 사랑합니다. 우리 담임목사님

보다 더(왜냐하면, 하나님은 가난한 자 편이니까) 사랑하며 존경합

니다.

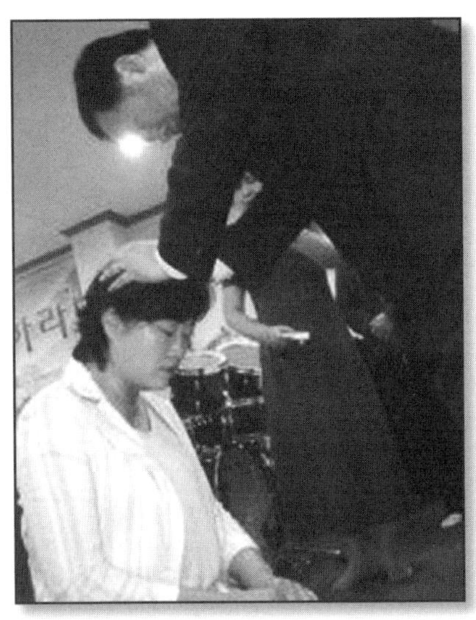

▶ 고덕례 성도에게 안수하시는 목사님

어느 흥부네 가족

오래간만에 찾아온 연휴에 그동안 삶의 전쟁에서 기진맥진한 나는 어디 좋은 한증막에 가서 눈꺼풀이나 붙일까 하고 기가 막힌 계획을 세웠지만, 그것은 나 혼자 만의 기막힌 계획이고 아내의 명령 한마디에 내 기막힌 계획은 끝내 펼쳐 보지도 못하고 일어섰다.

"내가 그랬죠, 당신 쉬는 날이 내가 일하는 날이라고. 오늘이 그날이니 차 가지고 나와요." 공업사 수준이지만, 그래도 회사에 서는 사장님 소리를 듣고 지내는데…. 집에서 모처럼 쉬는 날은 완전 일당잡부, 비정규직 가장입니다.

부처님 오신 날 뒷날이고 어린이날 앞날인 5월 4일, 기가 막히게 좋은 봄날의 5월, 우리 교회 구역 식구들과 우리 부부 이렇게 7명이 강원도 원주시 무실동을 찾았습니다. 남원주 톨게이트에서 원주 시청 방향으로 5분쯤 달리니 원주 신도시가 나오고 시청이 있고, 그 허허벌판에 오아시스라고 새겨진 큰 빌딩이 눈에 들어왔습니다. 이곳이 오늘 우리 일행이 찾아온 목적지입니다.

부천에서 수십 년을 살다 형제들과 함께 모여 산다고 부천을 정리하고 원주에 둥지를 튼 김 권사님! 김 권사는 마치 국외 선교사가 봉헌할 교회를 본국에서 온 손님들에게 소개하는 것처럼 진지하게 건물을 소개합니다.

"대지 80평, 건평 280평의 지하 1층, 지상 5층 건물입니다. 4남매가 8억의 돈을 모아 공사기간 2년의 세월을 들여, 온 힘을 다해 정성스럽게 지었습니다. 미국을 발견한 청교도들이 맨 먼저 교회를 지어 주님께 기도한 것처럼 우리도 지하 예배당을 처음으로 설계했습니다.

지하 1층은 전 가족이 모여 예배하며 찬양할 수 있는 예배당과 개인 기도실 6개, 지상 1층은 원주 제일의 아름다운 꽃집과 국산 돼지만을 고집하는 맛있는 돈가스, 비빔밥 식당, 지상 2층은 언제나 든든하시고 마음 넓으신 누님이 사는 곳, 지상 3층은 부천 원미구 약대동에서 약대교회를 못 잊어 눈물 흘리며 이사 온 우리 집, 지상 4층은 이곳에 우리를 모이게끔 인도한 우리 사랑스러운 막내 부부, 마지막 5층은 구리에 사시는 큰누님도 이곳으로 오시도록 기도하고 있습니다.

　그리고 옥상에는 여름밤 누워서 별을 볼 수 있는 작은 원두막과 차를 마시며 음악도 듣고 독서도 할 수 있는 작은 공원도 마련했습니다. 가족이 모두 열네 명인데 아침 식사는 1층 식당에서 함께 식사하고요. 수입지출은 모두 공동으로 관리하고 있습니다.

　용돈은 어른은 매월 오만 원, 학생들은 만 오천 원입니다. 이번 용돈 받았는데 오만 원, 이 얼마나 귀한지 여기와 처음 알았습니다."

　끊임없이 이어지는 권사님의 설명에, 수입을 합치는 것은 뭐고, 용돈은 뭔가 하고 질문에 질문을 했지만, 그것은 뭇 범인들이 풀지 못하는 사랑의 방정식이었습니다. 어렵게 이해하면 공산당식 착취 방법이고, 쉽게 풀자면 천국 에덴동산의 계산법입니다.

　돈을 같이 관리하면 내 자식이 동생 자식보다 공부 더 잘하면 학원이라도 한군데 더 보내야 하고, 오늘 내가 갈비 좀 먹고 싶은데 한 달 용돈 오만 원으로 무슨 갈비를 먹으며, 혹시나 혼자 먹다 동생 가족에게 들키기라도 하면 무슨 망신인가?

　그것뿐 아니라 수없이 복잡하고 수없이 꼬여있는 우리의 일상생활을 같이 모아 같이 분배한다는 논리가, 어디 합당한 얘기인가?

　들으면 들을수록 풀 수 없는 수수께끼 같았습니다. 아니! 세상에 4형제가 어찌 직업도 다르고, 성격도 다르고, 사는 방식도 다른데 한

군데 돈을 모아 같이 분배한다…? 참으로 뉴스에나 나올 만한 사건을 김승수 권사님 가족은 하고 계신 겁니다.

"처음 걱정도 하고 더불어 준비 기도를 많이 했지요. 하나님이 은혜롭게 우리 계획을 이끌어 주시리라 믿으며 시작한 일, 꽃집도 잘되고, 식당도 잘 되고, 한군데 모여 사니 애들도 좋아하고, 처음 염려했던 것보다 좋은 점이 훨씬 많아요."

끝까지 우리 가정을 위해 기도해 달라는 권사님에 말씀에 그저 "아멘!"으로 모든 질문에 종지부를 찍었습니다. 그리고 결론은, 천국은 이런 사람만 간다 하는 나름대로 신앙을 정립했습니다.

사촌이 땅을 사면 배가 아프고 심술이 생기는데 어찌 천국 가나요? 천국에 사람이 없어 입장료 에누리하나요? 형제간 의리가 좋다고요? 전화도 자주 하고 어려우면 서로 도와준다고요? 그거는 일상입니다. 자랑이 아니에요. 사람이 동물이 아닌 이상 그 정도는 해야 하지요. 주님이 우리에게 말씀으로 남기신 명령이고 특별히 열 개의 계명을 주어 부모에게 효도하라는 큰 글자의 말씀도 있지 않습니까?

최윤희 집사님을 모시고 강릉 동해로 갔습니다. 특별히 식당에서 같이 일하시는 고모님께 특별 외출을 허락받아 깊고 푸른 동해로 달려갔습니다.

무척 좋아 이것이 꿈이 아니냐고 날 꼬집어 보라는 최 집사님의 말
에 우리 모두 눈물을 글썽거렸고, 오징어 물회를 먹으며 약대 8지역
속회에 모인 것처럼 모두 기뻐했습니다.

권사님과 집사님, 그리고 사랑하는 주현이와 주성이, 주역이 아니,
그 두 분보다 더 존경하고 사랑해야 할 우리 권사님의 형제들, 모두
힘들고 고심 어린 기도로 참으로 큰 결단하시며 온 가족이 모이셨으
니, 원주 무실동 오아시스 빌딩에서 흘러나오는 소식은 기쁘고 아름
다운 소식만 흘러나오길 소망합니다.

언젠가 우리 목사님께서 김승수 권사님 가족은 진국 중의 진국이
라고 하셨는데, 정말 진한 국물이 넘치고 넘쳐, 나밖에 모르고 사는
대한민국의 모든 불효자에게 신화 같은 자랑스러운 가족 되시길….
언젠가 시간이 허락되면 권사님이 예쁘게 꾸며 놓으신 아름다운
예배당에서 신 나게 찬양도 해보고 권사님이 기도하며 만드신 여섯
개의 기도 방에서 주님께 기도드리고 싶습니다.

또한, 옥상 꽃으로 장식한 아름다운 공원에서 나도 강원도의, 그
힘차고 밝은 가을의 별을 보고 싶습니다.

아버지의 땅

가끔 복권방 앞을 지나며 '인생역전'이란 글귀를 본 적이 있습니다. 그리고 그 글귀 밑에 '몇 회에 1등 00억 당첨된 집', 이런 간판도 함께…. 겉으론 픽 웃으며 무관심을 보이지만, 아주 짧은 시간 나도 한번 당첨돼 보았으면 하는 꿈 같은 공상도 해봅니다.

그러던 제가 로또에 맞았습니다. 20억짜리…. (박수 좀 쳐주세요, 배가 아프시다고요?)

전주 이씨 효령대군(세종의 형) 가문이라 조선왕조 오백 년 동안 비록 굶더라도 구걸하지 않았고, 물에 빠져도 개헤엄은 치지 않았던 양반의 집안이, 시대가 바뀌고 계급과 명예보다 돈이 군림하는 세상 앞에서, 500년 내려온 가문의 영광은 무너지고 말았습니다.

이유인즉, 조상의 땅을 종손이라는 사람이 모든 토지 문서가 자기 아버지 이름으로 등록되어 있다는 말 같지 않은 이유로 꿀꺽꿀꺽, 야금야금, 이 땅, 저 논마지기를 팔아먹었고, 이에 우리 일가들은 치사한 종손이란 용어를 쓰며 이내 종손과 단절하고 살았습니다.

엊그제 김포시청에서 한 통의 전화가 왔습니다.

"이기진 씨가 아버님 되시죠?" 돌아가신 지 20년이나 되신 분을 김포시청에서 왜 찾을까? 너무나 의아하여 "네! 제가 아들입니다. 아버님은 돌아가셨고요." 그러자 전화기 너머로 "생전 아버님으로부터 무슨 말씀 못 들으셨어요? 아버님 명의로 김포시 검단면 불로리에 토지가 1,046평이 있습니다. 상속받으시든지 증여받으시든지 하세요."

순간 귀를 의심했고 "뭐요, 상속이요? 네, 네, 네~." 소리를 연발하고 이내 시청으로 달려갔습니다.

이와 같은 내용으로 모 교회 자유게시판에 글을 올렸더니, 이 글을 보고 친구로부터 제일 먼저 전화가 왔습니다.

"야! 축하한다. 너 정말 대박 났구나." 그러면서 맺는말⋯ "우리 아

버지도 땅 좀 사두시고 돌아가신 것 같은데, 그거 어떻게 찾으면 되
냐?”

부러움 반 시샘 반이 섞인 몹시 애타는 목소리였습니다. 목이 타겠
지요. 친구가 로또보다 더 큰 유산을 찾았는데…, 부럽겠지요. 친구
가, 그것도 하루에 한 번씩 잘 지냈느냐고 안부 묻는 친구가 하루아
침에 수십억의 대박이 났는데…. 속담에 사촌이 자기 돈 주고 땅을
사도 배가 아픈데 공짜로 얻었으니….

기분이요? 김포 시청에서 아버님 이름이 기재된 토지 등본을 받
고, 근처 식당에서 순댓국을 먹으며 너무 감격한 나머지 생전 처음
보는 옆 사람 밥값, 술값까지 다 내주었으니까요. 그 기분 알 만하시
죠? 그 땅은 김포 신도시가 들어서서 부르는 게 값이라는…, 그리고
몇 년 후엔 지하철이 지나가고 서울의 중앙대학이 옮겨 온다고도 하
고…, 그러면 노다지로 변한다는….

시청 앞 부동산 아줌마의 말에 참으로 가슴이 벌렁벌렁하더군요.
“거기 땅이 얼마나 있느냐?”는 아줌마의 말에 손을 저으며 “땅이 어
디 있어요? 한번 해본 소리죠.” 하며 능청을 떠는 그 기분, 아마 그대
는 모르실 거예요. 부자들만 느낄 수 있는 배 터지는 포만감을….

참으로 인간이 치사한 건 그 엄한 아버지 밑에서 그렇게 고생하시던 어머님 기억은 하나도 안 떠오르고 구두쇠, 고지식하고 무지막지한 아버님의 얼굴만 참으로 천사처럼 떠오르는 것이 아무리 봐도 저도 속물인 건 분명합니다.

꿈을 꾸며

어릴 적 흰 운동화 한번 신어보는 것이 소원이었던 검정 고무신의 코흘리개 소년이 환갑을 바라보는 나이에 섰습니다. 30년 전 얘기만 해도 이 정도 나이면 살 만큼 산 나이입니다. 가난하다는 것 빼놓고 정말 모두 좋으시다는 부모님 밑에서 우리 4 형제 별 탈 없이 살아왔습니다. 가끔 그 가난이라는 것이 모든 좋은 것을 가리는 세상의 냉혹한 법칙에 분노하며 눈물 흘린 적도 있지만….

아버지의 땅문서를 가슴에 품고 이불을 덮습니다. 아무것도 모르는 아내는 오늘도 지친 몸을 이끌고 나보다 더 먼저 깊은 잠 속에 빠져들었습니다.

아마 아내는 오늘도 몇 푼의 돈을 만들기 위해 먼지 나는 그 돌가루 공장에서 온종일 자기에게 주어진 생산량과 한 달의 살림살이를 곡예사처럼 짜맞추며 깊은 잠 속에서 씨름하고 있는지도 모릅니다.

‘여보! 이것 좀 봐, 아버지의 땅문서.’ 하고 자는 아내를 깨울까 하다가 그것을 포기한 채 혼자 상상의 나래를 펼쳤습니다.

가진 자 입장에서 돈은 정말 기가 막힌 무기입니다. 모든 것을 가질 수도 버릴 수도 있는 요술 방망이⋯. 없는 자 처지에서 돈은 죽기 전 꼭 한번 쟁취해야 할 먼 산의 펄럭이는 깃발이고요.

부자의 꿈은 참으로 신 나는 만화 영화 같습니다. 오늘은 달나라, 내일은 별나라, 심심하면 백설공주도 보고 오늘은 남극에서 펭귄과 춤을⋯, 내일은 북극에서 백곰과 악수를⋯, 그리고 그것이 싫증 나면 적도의 나라 사이판에서 돌고래와 키스를⋯.

‘몇억을 누구에게 줄까?’ 어릴 적 공기놀이하듯 공깃돌이 손등에 올라가면 기쁘지만, 손등 밖에 떨어져도 실망하지 않는, 그런 몇억을 손등에 올려놓고 뒤집었다 엎었다 깔깔거립니다.

아버지의 아들 4형제가 있습니다. 20억의 땅을 내 계산대로 상식적으로 계산해봅니다.

큰 형은 가족이 없어 홍성양로원에 계시며 내가 보호자로 내가 돌보고 있으니 큰 형의 몫은 당연히 내 것이고, 막내 이놈은 속초에서 기분 내며 살고 있는데 워낙 기분파라 내가 약간의 돈으로 얼버무리며, "야 인마, 이거 형이 너 생각해 주는 거야!" 하며, 해병대 한참 선임이라는 것을 이유로 입을 막으면 그냥 넘어갈 것 같고…, 문제는 바로 아래 셋째 놈인데, 이놈이 강화와 아산에 땅 마지기나 있는, 돈 좀 있는 놈인데 워낙 욕심이 많고, 나이가 나하고 세 살밖에 차이 안 나지만, 그래도 형의 말이라면 죽는시늉까지 하는 착한 동생 아닌가?

그래, 아깝더라도 셋째 놈 사 분의 일 주자, 줘. 치사한 놈 해가며 몇억의 돈을 손등에서 가지고 놉니다.

TV에서 뉴스를 본 적이 있습니다. 로또 20억 당첨된 사람이 그거 다 탕진하고 강도질하다 잡혔다는…. 속으로 웃었지요. '자식 돈 관리를 어떻게 했길래 하며, 나에게 10억만 줘 봐라. 금세 20억 만들지, 요즘 세상 돈 있어야 돈 버는 세상 아닌가?' 하며 쯧쯧 혀를 찬 적이 있습니다. 그런 교훈(공돈이 생기면 헤프게 써서 금방 망한다.) 이런 교훈을 가슴에 지문처럼 새기고 외우면서 긴 밤을 보냈습니다. '나는 구두쇠처럼 살자. 지금부터 나는 구두쇠다.'

친구인 광성교회 김 집사로부터 또 전화가 왔습니다. "야, 나한테만 살짝 알려줘. 자꾸 감질나게 홈피에 올리지 말고 그 돈 어디 있어?" 역시 이 친구도 보통사람입니다.

내가 얘기했죠. "모든 영화는 항상 끝이 멋있는 거야. 세상에 비밀이 어디 있느냐? 화투판에서 발가벗고 혼자 거울 보고 고스톱을 쳐도 돈이 빈다는데, 지금 너 알려 줬다가 잘못되면 너 책임질 거야? 네친구답게 멋있게 쓸려고 하니까 기다려!"하고 애끓는 친구를 진정시켰습니다.

생각만 해도 웃기는 것이 이 친구 속이 바짝바짝 타들어 가나 봅니다. 전화기 스피커에서 느껴져요, 녀석의 심장 뛰는 소리가.

내가 부자 되었음을 잔인하게 증명해 보기 위해 친구 회사 팩스로 보낸, 아버지 이름이 적힌 토지대장을 녀석이 확인하곤 일이 손에 안 잡히는 모양입니다.

그럴 만도 하겠지요. 처지를 바꾸어 생각하면….

나는 살며시 웃으며 또 한 번의 선심을 씁니다. 그래, 김 집사 이 친구에게도 일억을 주자. 지금 대한민국 교회에서 이만한 믿음 가진 집사 쉽지 않은데 하며 내가 조물주가 된 것처럼 또 한 번의 지출 목록에 억이라고 표시하며 김 집사를 포함합니다.

돈에 벼락을 맞는 신 나는 꿈을 한 3일 꾸었습니다. 그리고 내가슴에 지니고 있던 인간의 겨자씨만도 못한 본능을 다 까발려도 보았고요.

3일이 지난 후에야 절망 속에서 빛을 찾아 외치는 욥의 힘든 목소리를 들을 수 있었습니다. 3일이 지난 후에야 좌절 속에서 울부짖는 요나의 고통스러운 숨소리를 들을 수 있었습니다.

'김포시 검단면 불로리 112번지 1,046평.'

잃어버릴까 봐 내 주민등록번호보다 더 열심히 외어둔 아버님의 땅 번지수, 이 땅은 내 것이 아니라 우리 문중의 땅이고…, 그것을 1970년 집안대표로, 아버님 앞으로 등기해 놓았던 것입니다.

물론, 집안 땅을 팔아먹는 종손처럼 억지를 쓰면 아버지 땅이고 그 아들인 내 땅이지요. 등본에 주인이 아버지 이름이 있으니까요. 아버님은 알고 계셨지만 돌아가시기 전 한마디의 언급도 없으셨던 '가문의 땅'. 종손이 팔아먹으려 애를 썼지만, 아버지 앞으로 등기되어 있어 끝내 팔아먹지 못한 땅.

종손은 전부터 알고 있었지만, 명의가 다르므로 끙끙거리며 팔지 못하고 그냥 내버려두고 있었던 것이고…. 김포 신도시가 생기고 국토 지분정리에 아버지 이름이 나오고, 토지공사에서 물어물어 나에게 연락이 온 것입니다.

가슴에서 무언가 불방망이질을 하는 것 같았습니다. 결혼 초 돈이 없어 지하 셋방으로 옮겨 다니며 장마철이면 젖은 이불과 아이 책들을 들고 이집저집 피난 다니던 그 슬픈 기억들이 가슴 저 밑바닥에서 몰려왔습니다.

그때 젖먹이 아이를 안고 흘린 아내의 슬픈 눈물들….
그 슬픈 눈물들이 폭포처럼 내 눈에 전염되었습니다. 찔끔 눈물을 보였습니다. 아버지는 나에게 유독 유산을 남겨두지 않으셨습니다. 이유요? 그 이유라는 것이 참으로 간단합니다.

형은 몸이 약하고, 셋째는 마음이 여리고, 막내는 세상 물정 모르는 녀석이라 더 걱정스럽고…. 둘째 네놈은 사막에 낙하산으로 떨어뜨려 놓아도 우물 파고 장가갈 놈 이란 아버지의 그 엉터리 판단에 내 몫의 유산이 모두 형과 동생에게 간 것입니다. 우리 아버지의 절묘하고 위대한 유산정리법입니다.
자랑은 아니지만, 아버님 돌아가시고 그 후로 30년, 혼자 된 형 내가 돌보고 있고, 속초에서 세상 물정 모르고 사는 막내, 이것저것 챙겨주며 사니 아버님 말씀이 영 틀린 것은 아니지만….

아버지의 땅이요? 가문의 땅으로 그대로 두기로 했습니다. 그래도

우리 집안이 물에 빠져도 개헤엄은 안 한다는 전주 이씨 왕족의 자손
이거든요, 허~허~허⋯. 내 나이도 60인데 이다음 하늘에서 아버님
뵈면 잘했다, 내 아들아. 칭찬받고 싶어요.

가문의 땅이 제 이름으로 있으니 집안 친척들이 저에게 절절맵니
다. 그래서 제가 집안 종손회의 때 공표했죠.
"선비처럼 품위 있게 사는 사람만 이다음에 땅이 팔리면 유산
준다⋯."

내 한 마디에 모두 개처럼 안 살려고 야단입니다.

팔촌 이강욱

2004년 4월 5일, 온 세상에 하얀 눈이 내립니다. 기상대 예보로는 4월에 내리는 눈으로는 30년 만에 많이 내리는 폭설이라고 합니다. 그런 내리는 눈을 바라보며 일을 보고 있는데 현장에 나가 일하는 김 소장으로부터 다급한 전화가 왔습니다. 이강욱 씨가 일하다 떨어져 구급차로 병원으로 실려 갔다는 것입니다. 상태가 어느 정도 되느냐 물으니 죽었는지 살았는지 알 수 없다는 비보였습니다.

내 팔촌 이강욱, 집안이 많은 곳에서야 팔촌이면 가까운 친척도 아니지만, 집안이 워낙 없고 아래위 집에서 자라고, 동갑 나이에 학교도 같은 학교 같은 반으로 쭉 다녀왔기에 우리 사이는 팔촌 이상의 의미가 있는 형제였습니다. 그런 팔촌을 내가 우리 회사에서 일자리를 주고 함께 기쁨과 슬픔을 나누며 형제처럼 지내온 사이입니다. 조그만 회사를 운영하며 전국 식당에 음식 운반용 승강기를 설치하는 회사라 현장에는 늘 위험이 도사리고 있습니다.

인천에서 연락을 받고 안암동 고대병원을 가기 위해 내부순환도로에 올라섰습니다. 눈이 그렇게 내리는 그 속에서 외치는 오직 한 가지 바람, 죽지만 말아다오 하는 절규가 내 심장에서 요동을 쳤습니다.

'강욱아, 죽지 마라. 너 죽으면 나도 큰일 나고, 너 죽으면 너의 집은 물론 우리 집도 큰일 난다.'

하나님을 외치며 차 앞에 매달린 십자가를 잡고 목메게 기도를 드렸습니다. "아버지 하나님! 우리 이강욱이 좀 살려 주세요." 병원에 도착하니 팔촌은 중환자실에서 머리 수술을 시작했습니다.

같이 일하던 직원들은 미안한 듯, 황당한 듯 어쩔 줄 몰라 합니다. 3층에서 일하다 그만 헛발을 디뎌 1층으로 추락하여 머리 부분이 많이 다쳤다는 것과 현장에서 피를 많이 흘렸다는 것이 걱정에 걱정을 더해 왔습니다. 긴 밤을 지내고 아침이 되어서야 수술실에서 나옵니다. 머리와 온몸에 붕대를 칭칭 동여맨 팔촌은 마치 송장을 염한 것 같은 그런 죽은 사람의 모습이었습니다. 그런 그의 모습에 아내가 달려와 울고 자식이 침대를 붙잡고 웁니다. 의식은 물론 눈까지 감아버린 나의 팔촌, 의사의 좀 더 지켜봐야 생사를 알 수 있다는 말에 가슴이 철렁하고 천만 근의 돌덩이가 떨어집니다.

강욱아!

병신이라도 좋다, 살아만 다오. 내가 흘린 눈물이 병원 바닥을 적십니다. 왜 그토록 억울하고 서러운지…. 아직 우린 살아서 할 일도 많은데 생사를 알 수 없다니, 생사를 알 수 없다는 의사의 말이 그토록 야속할 수가 없었습니다.

이런 사고는 처음이라 사람이 다치면 어떻게 해야 하는 것인지 그것도 몰랐습니다. 비정규직이라 산재보험도 안 들어 있고, 들리는 말로는 산재에 가입해 있다 해도 현장 사고는 현장 산재에 별도로 가입해야 한다는 것입니다.

그런 상황 그런 형편에서 일도 손에 안 잡히고 매일 술로만 시간을 보냈습니다.

그리고 근 한 달 만에 의식을 차렸습니다. 눈을 뜨고 약간의 사람을 알아보는, 그가 알아보는 사람은 유일하게 아내와 나 두 사람이었습니다. 내가 링거가 주렁주렁 달린 팔촌의 손을 잡자, 그도 잡은 손에 힘을 주는 듯했습니다. 의사의 진단으로는 이젠 죽을 고비는 넘겼다며 다음은 의식이 오느냐가 관건이라는 것이었습니다.

그렇게 또 한 달의 시간이 흘러갔습니다. 아직도 사람은 아내와 나밖에 못 알아보는데 자꾸 나만 보면 우는 것입니다. 더듬거리는 입술로 "찬이 아빠, 미안해!" 하면서…. 내가 받아칩니다. "미안한 거 알면 힘내고 이겨내. 그래야 미안한 거 갚을 거 아니야."

팔촌도 울고 나도 또 웁니다. 본인도 부주의로 일하다 실족해 회사에 누를 끼쳐 미안하겠지만, 나도 얼마나 미안한지. 그래, 두 명이 나가서 해도 되는 일을 굳이 세 명을 내보내 일을 시키다 이런 화를 당하는구나 하는 내 반성의 불찰도 밀려오고, 이젠 이 회사를 어쩌나 하는 불안도 엄습해 오곤 했습니다. 하지만 그런 여러 가지 이유에 앞서 팔촌이 살아있다는 것이 얼마나 큰 위안이고 행복인지 알 수 없었습니다.

내 팔촌 이강욱이가 살아 있다. 내가 먼저 죽으면 내 장례위원장 해주고 본인이 먼저 죽으면 그 장례 위원장은 내가 한다고 늘 약속한 내 팔촌, 이 강욱.

일이 끝나면 늘 막걸리 한 잔을 따라 놓고 "이 사장, 내 팔촌 이강민이 파이팅!" 하며 건배를 외치던, 생일이 나보다 보름이 빨라 굳이 따지자면 형님이지만, 그냥 '찬이 아빠, 화영 아빠'로 터놓고 지내는 사이로, 동네 친구들과 집안 친척 모두가 우리 사이를 부러워하는, 내 팔촌이 죽었다가 살아났으니 이거 하나로 나도 더불어 살아났습니다.

한 반년을 고대 병원에서 지내다 이젠 상태가 조금 호전되어 김포 온누리병원으로 자리를 옮겼습니다.

아직 정신이 혼미하여 모든 것을 잘 기억 못 하고 많은 것을 잊어버렸지만, 일상의 대화는 가능할 정도가 됐습니다. 입원 1년이 오니 화장실 출입이 가능해졌고, 웬만한 기억도 많이 되돌아왔습니다.

하나님의 도우심으로 산재도 잘 처리되어 치료비는 물론 평생 받을 수 있는 기백만 원의 연금까지 받게 되었습니다. 아직 예전처럼 완전한 기억은 안 돌아왔지만, 생활하기엔 이젠 불편이 없고, 요즘 내가 지방 출장 때면 늘 내 곁에서 운전도 서로 교대로 해가며, 출가한 자식들 아기, 그리고 집안의 이런저런 얘기까지 늘 주고받으며 지내는 영원한 친구가 되어 지내고 있습니다.

훗날!

나이 들어 이것저것 다 털어버리고 제주도 가서 같이 살자는 약속, 참으로 그런 날이 오길, 그런 아름다운 노후가 오길 기대합니다. 더불어 내 팔촌 이강욱이가 살아 있어 나는 무척 행복합니다.

터키는 터키다

아내가 이스라엘 성지 순례를 가자고 불쑥 말을 던졌습니다. 철공소 수준의 구멍가게 사장이 뭔 돈이 있어 이스라엘이냐고 한 귀로 듣고 두 귀로 흘렸지만, 이내 늙어 여행이란 부부가 함께해야 빛이 난다는 나름대로 개똥철학으로 아내의 의견에 손을 들었습니다.

"아무리 좋은 것을 보아도 내가 혼자 보면 그것은 반밖에 본 것이 아니요, 아무리 맛있는 것을 먹어도 혼자 먹으면 그것은 반 밖에 먹은 것이 아니다."란 나의 모양새 나는 명언(?)에 동행하신 김포 고촌교회 박정훈 목사님이 뒤로 넘어지셨지만….

이집트 무바라크의 독재 때문에 뜻하지 않게 예수님 흔적을 살펴보는 계획이 변경되어 바울의 흔적을 살펴보는 일정으로 변경되고,

그래서 그래도 가야 하느냐 말아야 하느냐 하는 혼잡스러움을 거듭했지만….

강원도에 폭설이 내리는 2011년 2월 14일 오후 12시, 우리 일행 18명은 터키 항공에 몸을 실었습니다.

무지한 촌놈이 그래도 국외 여러 곳을 다녀 비행기에 익숙은 했지만, 비행기 안에서 12시간 버티기란 보통 힘든 것이 아닙니다. 다행히 좌석이 비어 있으면 요령껏 앉아 눕기도 하지만….

호기 있게 비행기 안내양(?)을 불렀습니다. "헬로우!"

언제나 부를 때는 자신이 있습니다. 터키 아가씨가 모닝 하며 늘씬한 미모를 자랑하며 다가옵니다. 내가 그를 부른 것은 이 비행기가 좌석이 꽉 찼느냐 하고 물어보기 위함입니다.

"헬로우~! 에어 만땅?"

아가씨가 내 물음을 못 알아듣는 듯 "만땅? 만땅?" 하며 소리칩니다. 아, 이 안내양이 술을 마시지 않아 가득 채운다 하는 만땅을 모르나 보다 하고 이내 "에어, 이빠이?" 하고 다시 물었습니다.

"에어 만땅, 이빠이?" 하며 국적에도 없는 말로 땀을 흘리고 있는데, 이를 뒤에서 애처롭게 바라보던 국제파 유시각 권사님이 "풀?"

하니까, 그 아가씨 "NO." 하며 자리를 뜨더군요. 내가 십여 분을 손
짓 발짓으로 만땅과 이빠이와 게스트를 외쳤는데 권사님과 아가씨
는 '풀' 과 '노' 한 마디로 서커스를 종결시켰습니다.

그렇습니다. 혹시 빈자리라도 있으면 다리 뻗고 잠이나 자며 갈까
하는 내 얄팍한 계산은 허무하게 무너지고, 그래도 나는 기고만장
해, "그 여자 일본말도 되게 모르네." 하며 너스레를 떱니다.

비행기가 인천에서 출발해 서해를 지나 중국 상해를 넘고, 몽골과
고비 사막을 넘어 히말라야 상공을 날고 있습니다. 옆자리 마나님은
이내 하늘나라에서도 코를 골고, 내 앞자리 송선구 권사님이 도시락
바닥을 바스락바스락 긁는 소리가 비행기 엔진 소리처럼 바싹바싹
들려 옵니다.
저 건너 소경자 권사님은 그 흔들리는 와중에 성경을 펴들고 계십
니다. 일 년에 보통 다섯 번은 통독하신다 하니 비행기가 아니라 낙
하산 타고 내리시다가도 보셨을 겁니다. 12시간 동안 작은 의자에서
몸을 비틀고 뒤집기를 수십 번, 비행기는 유럽을 내려보고 있습니다.
유럽, 신사의 나라·포도주의 나라·해적의 나라. 터키의 이스탄불
(아시아의 끝), 옛날 초등학교 때 「이스탄불의 사나이」란 서부 권총
영화를 보고 근 40년 만에 들어본 이름, 이스탄불.

성 소피아 성당

세계 100군데 명소 중 죽기 전 가볼 만한 장소로 선정된 한곳 '성 소피아 성당' 2,000년의 문화가 벽돌 한장 한장에 머물러 있는 곳, 벽체에 새겨진 이슬람의 껍질을 벗기면 예수님의 그림이 금으로 입혀 있는, 기가 막힌 성당(이유는 예전 성당을 이슬람이 점령해 성당 벽화 위에 회색을 칠해서임). 그리고 금으로 장식된 '돕카프 궁전', 터키 나라 왕 놈(?)이 프랑스 마르세이 궁전을 보고 와서 홧김에 약올라 새운 건물인데 얼마나 화려하고 요란스럽게 지었는지, 그 건물 짓고 나라 살림이 거덜 나 망했다고 합니다.

나라가 망할 정도로 잘 지은 돕카프 궁전, 거기 가보니 온통 금이고, 금 아닌 것은 정원의 잔디와 공원에 날아다니는 까마귀뿐이었습니다. 아마 왕이 똥을 쌌어도 금 똥을 쌌으리라 믿어 의심치 않습니다. 가끔 금 똥 속에 반짝이는 다이아몬드도 나오고.

약대동 반지하 방에 살 때 결혼식 금반지를 도적놈에게 강탈당한 나는 지금도 금을 보면 가슴이 뜁니다. 저것이 내 것이 아닐까 하고.

지금도 그렇지만 그 시절 왕은 행복했나 봅니다. 이유는 후궁이 아주 많았다는 겁니다. 능구렁이 안내자가 입맛을 돋우며 왕과 여자에 대해 간드러지게 설명해주는데, 아마 내가 학교 다닐 때 강의를 그렇게 열심히 경청했으면 아마 서울대 갔을 겁니다(서울대보다 나은 해병대 갔지만). 솔직히, 여자를 공부하는 수준이 유시각 권사님이나 송 목사님이나 시골 김포 고촌에서 오신 박 목사님이나 눈이 반짝이기는 피장파장이라고 나는 태극기 앞에 굳게 서약합니다.

터키에 대해 잠깐 설명하겠습니다.

1950년 6·25 전쟁 시 미국 다음으로 전투병을 많이 파병해주고, 8백 명의 젊은이가 전사했습니다.

터키에는 증기탕이 없고 그저 습식 사우나 정도 있고, 우리나라에서 연간 50억 불 수입해가고 우리나라에는 5억 불 수출하는 우리나라에는 봉 잡는 고객입니다. 2002년 월드컵 때는 함께 4강에 올라 두 나라 다 결승 진출에 실패했지만, 우리가 터키를 응원해줘서 우리나라를 형제라고도 평합니다.

고구려와 대립하기도 했던 돌궐족이 이동해 건국한 나라가 터키라고도 하며, 아시아와 유럽을 잇는 지리적 요충지입니다. 또 터키는 사이렌이 하루에 다섯 번씩이나 울리는 이슬람 국가이면서 쓰레기와 거지도 많습니다. 여러모로 우리와 비슷해 애틋한 정이 가는 나라이기도 합니다.

국기는 빨간색에 반달이 있고 그 옆에 별이 있어, 처음에는 공산당 국기 같아 거북했으나 보면 볼수록 매력이 있습니다.

로마 시대 지하 물 저장고, 옛날 로마 시대 40km 밖에서 물 수로를 만들어 저장했다고 하는데 그 크기와 구조에 넋이 나갈 정도입니다. 2,000년 전이면 우리나라 단군 할아버지가 곰 하고 호랑이하고 바둑 두던 시절, 간혹 경상도 어디서 가락국에서 쓰던 돌칼이 발굴됐다고 요란 떨던 시절, 아니 평강공주가 바보온달과 만나 쓰러진 물레방아 뒷간에서 철퍼덕 뭐 했다고 하는 그런 시절에 로마는 길을 만들고 물을 끌어 썼습니다.

카파도키아

이스탄불에서 소형 비행기로 1시간을 붕붕 날아 카이세이 공항에 도착하니 VIP라고 새겨진 고급버스가 위대한 동양의 순례단을 기다립니다.

보잉 747을 타고 와서 출세도 했지만, 버스 또한 최신형 우등 고속이니 출세란 놈이 말을 탄 기분입니다.

버스가 뛰뛰빵빵 어둠을 뚫고 달리고 달려 호텔에 도착하였습니다. 동굴호텔(KAPADOKYA), 이곳에 오기 전 반석교회 신영균 목사님이 지금 터키 계절은 추우니 꼭 전기담요 가지고 가면 도움될 거라는 말씀에, '아니 별 4개짜리 호텔이 어찌 냉골일까?' 하고 반신반의했지만, 호텔은 온돌이 아니라 침대라 바닥이 차갑다는 것입니다.

나는 침대는 과학이라 하며 보따리 느는 것을 한사코 반대했지만, 아내가 목사님 말씀 들어서 손해 볼 것 하나도 없다는 말에, '그래, 여자 이겨서 내게 얼마나 득이 되랴.' 하는 공자 같은 마음으로 장판을 가지고 갔습니다. 모두 밤새 추워 으스스했다는 말에 우리 부부는 쾌재를 불렀습니다. '그래, 날씨야 추워라. 네놈이 아무리 춥기로서니 여기 메이드 인 코리아 전기장판이 얼어 터지랴….'

동굴 호텔에서 눈을 뜨고 창문을 여는 순간 아주 깜짝 놀랐습니다. 어젯밤에는 어두워 세상을 하나도 못 보았는데 온통 세상이 기묘한 형태의 산들로 변해 있었고 그 기묘한 봉우리마다 동굴로 형성되어 있어, 그냥 "하!" 하고 연 입을 "헉!" 하고 다물기까지 한참이나 걸렸습니다. [우리는 광야와 산중과 양혈과 토굴에 유리하였노라(히 11:37~39).]

사암과 용암으로 만들어진 바위 속에 로마 제국의 박해를 피해 생활하던 초기 신앙인들의 눈물 어린 발자취를 우리는 그냥 물끄러미 바라만 볼 뿐. 아! 아! 소리만 허공에 뿌려대며…. 이 동굴 지하 교회에 200만 명이 살았다고 하며, 이런 동굴이 1,000여 개에 이른다니…. 동굴 속에는 기도처와 신학교, 예배처 등 다양한 크기와 공간으로 지어졌는데, 너무 놀라울 뿐입니다.

▶ 초대 기독교인들의 은신처

여기서부터 우리 순례단의 첫 예배가 시작되었습니다. 터키가 이슬람 국가라 찬송은 대놓고 못 불렀지만(걸리면 지독하게 곤란하다는 안내자 얘기. 안내자는 이곳에서는 법), 이용희 장로님이 떨리는 음성으로 기도의 문을 여셨고 목사님이 심각한 표정으로 말씀을 주셨습니다. 슬쩍 옆을 보니 임응순 권사님이 눈이 벌게지셔서 훌쩍훌쩍 눈물을 닦고 계셨습니다.

2000년 전 이 동굴 속 습기 지고 어두운 곳에서 믿음을 지킨 신앙 선배들의 삶이 그냥 피부로 스미는 것 같아 등골이 오싹함을 느꼈습니다. 등가죽이 두꺼운 나도 오싹한데 우리 일행의 마음 짐작이 갑니다.

지하식당에서 식탁에 빵이 나와도 우리의 순창 고추장에 찍어 먹고 삶은 달걀이 나와도 우리의 광천 김에 싸먹고…. 고기가 나와도 우리의 깻잎에 말아 먹고 수프가 나와도 우리의 누룽지탕에 엎어 먹고, 참으로 대한민국 음식은 세계 모든 음식을 다 싸서 말아먹습니다. 지하 동굴식당 음식 메뉴는 수프에 스파게티(가락국수 분 것)라 속이 메슥거려 포도주 한잔하고 싶은 것, 변비가 나도록 꾹꾹 참았습니다. 대한민국에 가면 부천 바닥은 좁아 어디서든 걸리지만, 고촌 교회 목사님이 다른 교회 권사 포도주 한잔 사 주시는 기회 있으리라 믿습니다.

데린구유와 카이막카르(지하 동굴 도시)

안내자 말에 의하면 이곳도 죽기 전 가보아야 할 세계 100군데 장소 중 하나라는 것입니다. 지하 120M까지 내려가는 이 대형도시는 현재 8층 정도만 발굴됐다고 합니다. 2만 명 정도 수용할 수 있는 이 지하도시가 근처에 36개 정도 있다 하며 아직도 발굴 중이라 합니다. 이곳도 로마 시대 때 로마군의 박해를 피해 만든 지하도시인데 길이가 보통 10km 정도이고, 이 안에는 학교, 놀이터, 세례 터, 포도주 창고 등, 생활에 필요한 모든 것이 준비된 지하 도시였습니다.

마침 일행이 우리밖에 없어 십자가가 새겨진 예배당이라고 추측된

곳에서 찬송을 부르며 기도를 했습니다. 찬송하는데 모두 글썽글썽! 주님이 그곳에 임재하시어 너희 와서 그냥 보고 가지만 말고, 선배들의 신앙을 본받으라는 주님의 음성이 들리는 듯했습니다.

그 짧은 시간 부흥회 10번 참석한 것보다 더 은혜 받았습니다. 언뜻 뒤돌아보니, 김동순, 조장구, 주정숙 권사님 몇 분은 차마 그곳을 못 떠나시고 "주여! 주여!" 하시며 동굴의 벽을 감싸고 눈물 흘리시는 모습이 어찌나 은혜롭고 애틋한지 실로 감동이 밀려왔습니다.

그렇습니다. 우리 순례단은 그렇게 그렇게 기도하며, 찬송하며, 눈물 흘리며 바울의 발자취를 따라가고 있습니다. 여기 오니 그렇게 멀게만 보였던 고린도와 데살로니가와 에베소와 카파도키아가 뭔가 희미하게 보이는 것 같았습니다.

그렇게 모두 숙연한 은혜의 시간에 그 시절 전기도 없고 전등도 없던 시절, 이 깜깜한 동굴 속에서 애는 어떻게 낳았을까 하는 해괴망측한 생각이 문득 들었습니다. 이걸 목사님께 물어보면 -이 권사 때문에 은혜 다 떨어진다- 고 한탄하실 것 같고, 고촌 박 목사님께 물어보자니 '그래, 약대 수준이 고촌을 따라오랴?' 하고 내심 한 수 아래로 보실 것 같고….

안내자한테 물어보자니 이 양반 성지순례가 아니라 기생관광 왔나 하고 아래위로 훑어볼 것 같고, 마나님한테 물어보았자 드디어 주책이 터졌다고 주먹을 불끈 쥘 것이고…. 그래, 만만한 게 유시각 권사님이라, 슬쩍 "권사님, 여기 캄캄한 곳에서 애는 어떻게 낳았을까요?" 하고 아주 슬쩍 물어보니, 권사님 왈 "시각장애인은 애 못 낳나? 이 권사는 눈뜨고 아들 만들었어?" 와! 권사님의 강한 한방에 나는 쓰러지고 말았습니다.

그렇게 그렇게 둘째 날이 지나갑니다. 고촌의 박 목사님은 좋은 카메라(교인에게 빌려 오셨다고 합니다.)를 우리의 좋지 않은 얼굴에 들이대고 연거푸 플래시를 터트리시며 참으로 안내자보다 더 열심히 우리를 섬기시는 모습에 와 역시 이곳이 사도 바울 선생님이 계시던 곳이라서 그런지 목사님도 다 엎드려 순종하시나 보다 하고 감격, 또 감격했습니다.

▶ 동굴 호텔

▶ 지하 동굴 도시

성지
순례

▶ 성소피아 성당

아름다운 청년 준희에게

 푸른 바다에는 고래가 있어야지, 가슴에 고래 한 마리

품고 있지 않다면 어디 그게 청년인가

이준희! 요즘 어떻게 지내나?

나는 아주 죽을 맛이야···. 이제 벌써 내 나이도 환갑을 바라보고 있으니 그래서 그런지 무릎도 시큰시큰 아파져 오고 눈도 침침하고 이젠 염색을 안 하면 순백으로 변하는 머리칼을 보며 세월 앞에 '항복'하며 두 손 들었네. 오직 한 가지 남은 건 젊었을 때의 그 '깡'만 남아 가는 세월 앞에서 몸부림치네···. 아마 자네 부모님도 내 푸념과 비슷하실 거야.

준희는 뭔가 올해 계획한 게 있고 뭔가 올해 풀리는 게 있는지? 공부도 안되고 취업 준비도 잘 안 된다고? 어이구 준희야! 세상이 어디 그리 만만한가? 세상에 계획한 대로 다 되면 신이 뭐 필요하겠는가?

실패했다고? 잘했네! 세상에 실패 모르고 성공한 놈이 몇이나 되는가? 아! 있긴 있었지 현대그룹 정몽헌, 아마 삼성의 그 잘생긴 막내딸도 거기 포함됐는데, 그 사람들 실패를 모르는 사람들이야. 우린 실패 단골 전문가이고.

어떤 때 가끔 로또 1등의 허망한 꿈도 꾸고 어떤 때 가끔 내가 배용준이나 장동건이를 닮은 구석이 있나 하고 거울을 유심히 보곤 하지. 하지만 거울은 정확하더군. 5초 이상을 못 보게 해. 후한 점수 줘봐야 너는 마빡이 정도라고 비웃지.

어릴 적 난 엄청나게 가난했거든, 우리 시대 보통은 다 그렇게 살았고, 지금도 부자는 아니지만….

어릴 적 소원은 한 가지 비행기 타 보는 것이었어. 나도 하늘을 나는 저 비행기 타고 푸른 바다와 높은 구름을 뚫고 날아볼 수 있을까? 도대체 비행기를 타는 저 사람들은 돈이 얼마나 많으며 무슨 직업을 가졌길래 비행기를 탈까 하고, 나에겐 꿈 같은 얘기라고 생각했네.

자네도 들었는지 모르지만, 내 별명이 돈키호테라네. 세상을 계산적으로 살지 않고 항상 엉뚱한 것을 펼쳐 놓는, 좋은 말로 자유와 정의를 꿈꾸며 비겁한 것에 대항하는 풍류 시인이고, 뒤집어 생각하면 참으로 세상 살아가기 어려운 철없는 한심한 놈이지.

어릴 적 시골에서 남들이 다 하는 농사 안 짓고 새(잉꼬, 십자매 등)를 길러(3,000마리) 모든 사람의 시선과 조롱을 한몸에 받았고, 장가가서 아들 이름도 '이보람찬'이라고 지어 전주 이씨 어른한테 핀잔도 들었던 돈키호테라네.

아무튼, 나의 별명 돈키호테는 나에게 어떤 조롱이었으며 더불어 꼭 해서 이겨야 한다는 약이기도 했지. 그리고 그 꿈은 스물다섯에 제주행 비행기를 타고 처음 하늘을 날아 보았네. 물론 외국 가는 것은 상상도 못 했지만, 비행기 안에서 내 고향 땅을 내려보며 흐르는 눈물을 지체할 수 없었네. 나 같은 촌놈도 꿈을 꿀 수 있구나 하고, 나 같이 못 나고 나 같이 배경 없고 나 같이 꼴등만 하는 놈도 꿈을 꿀 수 있구나 하고….

훗날 하나님의 도우심으로 수십 나라를 다녀보는 축복을 받았네! 물론, 외국을 많이 다닌 것이 결코 자랑은 아니지만.

중학교 시절이었지. 키도 작고 가난하고 공부도 못하고 늘 수줍은 난 힘센 놈들의 노예였네. 등하교 시 가방 짐꾼은 물론 빵 사주고 돈 빼앗기고 얻어터지고, 아마 그 시절 자살이라는 걸 몰라서 못 했지, 그거 알았으면 열 번은 더했을 것이네. 그런데 맞다 보니 가슴에 고래가 자라는 거야. 언젠가 저 새끼를 꼭 이기고 말겠다고 키우는 고래가….

헌데 어쩌겠나? 하루아침에 작은놈이 큰놈을 무슨 수로 당하겠느냐 말이야. 칼로 그놈을 꾹 찌르기 전에…. 그 고래의 꿈을 이루는 데 6년 걸렸네. 고등학교 졸업도 안 하고 해병대 지원을 했네. 그래서 휴가 와서 빈둥거리며 놀고 있는 놈을 찾아, 녀석이 "아이고! 살려 주세요." 할 때까지 끌고 다니며 때렸네. 물론 이것 또한 결코 자랑은 아니지만. 그래서 나는 지금도 왕따 당하는 애들이 돈 주고도 못 사는 꿈의 공부를 하고 있다고 생각하지. 부모가 해결해주고 선생님께서 보호해주면 애들은 언제 뭐 고래의 꿈을 꾸겠는가? 맞고 터지고 밟히면서 자라나는 거지.

어른이 되어서도 부모가 챙겨줄 건가? 마음을 뒤집으면 '자살도 살자로' 바뀌는 것. 이것이 믿는 사람의 기준이고 신앙 아니겠는가?

준희야! 잡초는 말이야, 바람보다 먼저 눕지만 분명 바람보다 먼저 일어나거든. 이게 내 철학이고 내 삶의 방향이야.

몇 년 전 스페인을 여행하는 기회가 있었네. 자네도 알다시피 거기가 세르반테스의 소설『돈키호테』의 고향 아닌가? 안내자가 돈키호테가 묵었던 여관이라며 여관 앞 돈키호테 동상을 보여 주는데 남들은 사진을 찍고 야단이었는데, 미안하지만 난 거기서도 훌쩍훌쩍 울었네! 늙은 말에 허술한 창을 꼬나쥔 작은 사나이 '돈키호테'가 꼭 나를 보는 것 같아 마누라 몰래 혼자 울었네….

얘기가 길었나? 헌데 말이야, 기분에 올해 꼭 청년부가 잘 될 것 같단 말이야. 자네처럼 든든한 믿음의 친구들이 있어서 아마 올해도 우리 교회 청년부, 더욱더 부흥할 거라 믿어. 올해 여름 60명의 친구가 홍천으로 청년부 수련회 다녀왔는데, 얼마나 큰 은혜를 받고 왔는지 가슴이 다 뭉클하더라고….

내가 다른 건 몰라도 올해 자네하고 친해지고 싶네. 자네는 나의 자랑스러운 약대교회 후배일 뿐 아니라 먼 훗날 죽어 천국까지 함께 갈 약대의 믿음의 평생 동지들이니까.

나도 영업을 십수 년 해서 사람을 조금 볼 줄 아는데, 이준희, 자네는 잘 될 거야.

자네는 착하고 의지가 강하며 또 예수님이 자넬 무척 사랑하시거든. 부모님의 간절한 기도가 정의를 보고 나가는 자네의 삶에 든든한 등대가 되어 주리라 믿네.

아무리 바쁘더라도 청년부를 기억하고 더불어 은혜 받자. 우리 다 아는 얘기지만 예수님보다 더 귀한 것이 어디 있고 예배보다 더 앞에 있는 것이 어디 있니? 예배 빠지지 말고 참석하라 하면 이것 또한 자네의 신앙에 자존심 건드리는 일이라 더는 얘기하지 않겠어. 난 자네의 고귀한 믿음을 높이 존중한다.

차 한 잔 마시고 싶으면 언제든 전화하게, 우리 집 근처(이브) 커피집 많은 거 알지? 커피집만 16개라네. 아무 때나 들러도 항상 맛있게 대접할 수 있다네.

나는 자네가 가슴에 커다란 고래를 품고 꾸는 푸른 꿈이 꼭 이뤄지리라 믿어. 내가 중학교 때부터 놈을 꼬나 메치기까지 고래의 꿈을 꾸었듯이.

내가 스페인 카테 빌라 마을 돈키호테 동상 앞에서 무릎 꿇고 눈물을 흘리기까지 수십 년의 세월이 흘렀듯이 자네의 꿈도 꼭 이루어지리라 믿네. 너무 성급히 생각하지 말게. 자네는 청년 아닌가 말이야.

하나 중요한 건 쉬지 말아야 한다는 걸세. 물론, 주님께 기도하며 함께하는 모습을 보여야 하겠지만….

세상 얼마나 많은 유혹이 존재하는가? 세상은 일등만을 원하고 일등에게만 관심을 두지. 물론 세상은 인내심 가진 토끼를 원하지만, 거북이라도 괜찮네! 쉬지 않고 앞으로 나간다면.

오늘 이 편지가 자네와 인간적으로 통하는 첫 번째 사랑의 곡조가 되길 기원하네. 진심으로 생일을 축하하며….

▶ 약대교회 청년부

2부

눈물의 떡

새벽기도의 공포

새벽 4시, 장모님이 주무시는 방에서 "웅얼웅얼." 쉰 남자의 목소리가 문틈으로 흘러나옵니다. 새벽 4시 30분, 장모님의 방을 기웃거립니다. 도대체 이 새벽에 80의 장모님은 무슨 할 말이 많으셔서 저렇게 새벽에 웅얼거리시나 하고 살며시 문을 열고 보니, 뿌연 시계가 돌아가고 그 시계 속에서 "복 있는 사람은 악인의 꾀를 따르지 아니하며…." 하는 시편의 말씀이 흘러나오고 있습니다.

어느 해인가, 교회에서 성경 많이 읽으신 분들께 상으로 준 탁상시계를 장모님은 새벽기도 기상 시간에 맞추어 늘 조절하고 계신 겁니다. 새벽과 아침 사이 5시 30분, TV 밑에 걸어 놓은 아내의 핸드폰이 찌르르 까르르 요동을 칩니다. 뭔 놈의 삼성 핸드폰은 저리도 정력(?)이 좋은지 핸드폰이 벌떡벌떡 뜁니다. 저놈의 핸드폰이 비아그

라를 처먹었나? 왜 저리 극성이냐고 고함을 치고 싶지만, 그 신호는
아내의 새벽기도 기상나팔 신호입니다.

'복 있는 사람은 악인의 꾀를 쫓지 아니하며 죄인에 길에 서지 아니
하며' 하는 어머님의 시계 속의 시편 낭송과 소리치며 뛰는 핸드폰의
진동 때문에 오늘도 나의 새벽은 불안과 공포로 시작됩니다. 시계의
알람으로 울리는 그 시편은 백살 정도 되신 노인네가 읽는데 왜 그
리 청승맞은지, 내가 들어도 끽끽 웃음이 나옵니다. 아마 시계태엽이
풀린 날의 음성은 1,000살 먹은 술 취한 노인네 음성입니다.

뭐 같이 새벽기도 같이 가면 모든 답이 그냥 풀리고, 믿음도 자라
고, 건강도 좋아지는데, 뭘 그리 호들갑이냐구요? 그렇게 말씀하시
면 할 말 없고요. 나에겐 새벽의 기도 보다 잠이 더 급하다 이겁니다.
한번은 장모님께 "어머님, 이 시계는 시편 말고 다른 거 없어요?"
하고 물으니 어머님 말씀 왈 "시편이나 다른 편이나 말씀은 다 똑같
지 뭐." 그러시는데, 그 말씀이 맞는 거 같기도 하고 틀린 거 같기도
하여서 그래서 제가 또 물었죠. "어머님, 할아버지가 낭송하는 시편
의 성경 말씀을 아세요?" 하고 물어보자, 어머님은 매우 한심하다는
듯 날 아래위로 훑어보시더니 얼굴을 붉으락 거리시며 입을 여십니
다. "예수 믿어야 천국 간다는 거 아니야? 아범은 그 좋은 말도 여태

몰라?” 하며 혀를 쯧쯧 차십니다.

5시 30분, 아내의 휴대전화기에 나는 이미 잠자는 것을 포기합니다. 그리고 그분들은 주섬주섬 옷을 입고 문을 쾅 닫고 나가시며, “아이고, 아범도 같이 가면 예수님이 얼마나 좋아하실까?” 그리고 이내 아내가 확인 사살을 합니다. “어이구, 이 양반은 언제나 같이 갈까나? 가서 나만 잘 되자고 기도하는 것도 아닌데….” 그들이 1시간 차로 나가면서 수류탄 두 발을 차례로 내 차디찬 이불 속에 밀어 넣고, 또한 1시간 차로 들어오면서 잔인하게 반쯤 죽어 있는 나를 향해 확인 사살까지 합니다. 그들을 새벽의 교회로 보내고 이내 뒤척이다 TV를 켭니다. 마음 같아서는 같이 가고 싶은 마음이 굴뚝처럼 있지만, 마귀란 놈이 이불 속에서 날 잡아당깁니다. “이 권사, 오늘 온종일 운전할 건데 새벽에 잠 못 자면 큰일 나요.” 이러면 천사가 끼어들어 한마디 거듭니다. “이 권사님, 하나님은 오늘도 권사님을 사랑하십니다.” 이렇게 속에서 두 마음이 싸우고 있습니다.

“찬이 아범, 오늘 은혜 받았어.” 한 시간을 잠 못 이루고 뒤척이다가, 뚜벅뚜벅 기도를 마치고 개선장군처럼 들어오는 장모님과 아내의 발걸음 소리에 그나마 조금 붙어 있던 잠이란 놈이 훌쩍 달아납니다.

"오늘따라 왜 그리 목사님 말씀이 좋으신지." (어머님 말씀)

"참 오늘 새벽기도 사람들 많이 왔더라. 이상학 권사, 여남구 권사, 조한수 권사, 당신 선교회 김명중 집사까지 왔던데, 새 신자도 많이 왔나 봐. 얼굴 모르는 사람도 꽤 되던데." (아내의 말씀)

나는 '끙'을 연발하며 이불로 얼굴을 감쌉니다. 그리고 이불 속에서 신음 같은 울화를 토해냅니다. 그리고 괜히 '두고 봐라. 여남구 권사. 새벽기도 시간에 멀리 앉지, 하필이면 꼭 우리 집사람 옆에 앉아 날 못 살게 해! 뭐~? 우리 선교회 총무 김명중 집사, 나한테 회비 받으려면 똥줄 좀 타 봐라.' 하며 열을 냅니다. 웃으셨나요? 웃지 마세요.

그래도 작년 고난주일 40일 새벽기도를 악으로 깡으로 버티어낸 사람입니다. 처음부터 정말 잘하면 목회해야죠.

어느 죽일 놈(?)이 이런 말을 했다더군요. 자기는 "건축 설계사인데, 아무리 조용한 곳에 가도 건축 구상이 잘 안 떠오르는데, 꼭 주일 목사님 설교 시간에는 작품의 구상이 잘 떠올라 예배시간에 꼭 노트를 챙겨 작품 구상하러 교회 간다."라고요.

뭐 제가 우리 목사님 설교 시간에 딴 생각한다는 거…, 거기 빗대 말한 것은 아니고요. 가끔, 아주 가끔 그런 적도 있었다 이겁니다.

하루 보통 5시간 운전하며 전국을 돌아다니고, 그래도 이 위험한

(엘리베이터 설치) 사업을 25년 하면서 이렇게 튼튼히 버틸 수 있는 거, 장모님과 아내의 새벽 기도의 힘이라 생각합니다.

내 믿음이 겉만 화려하고 속이 텅 빈 워낙 싸구려 믿음이라, 어떤 때는 새벽이면 웅얼대는, 그놈의 시계도 박살 내고 새벽이면 굉음을 지르며 뛰는 아내의 휴대전화기도 결딴내고 싶지만, 지금 내가 이만큼 온 것도 두 분의 기도의 힘이라 생각하고 그저 고개 숙여 고마움을 표할 뿐입니다.

그래, 울어라. 시편의 시계야~.
그래, 울어라. 삼성의 핸드폰아~~.

중보기도 학교 **퇴학**

중보기도 학교를 수료하였습니다. 4주간의 혹독한 (?) 훈련을 끝내고, 내 교회 이력에 중보기도 학교 졸업이란 큼지막한 학벌이 하나 더 붙은 셈입니다. 교육은 목사님과 사모님이 번갈아 강의하시는데 강의 내용은 온데간데없이 기억나지 않고, 오직 머리에 남는 건 사모님의 환한 얼굴, 커다란 웃음만 기억나니, 내 중보기도학교의 학과 실력은 뻔한 것이고….

1학기 4주 동안 이론 공부에 이어 기도실에서 방을 배정해주고 일주일에 한 시간씩 이 골방에서 기도하라는 2학기 실전수업이 시작되었다. 기도하되, 나를 위한 기도는 적게 하고 기도 카드에 적힌 다른 사람을 위해 기도하라는 것입니다.

나는 내심 '야 신 난다.'라고 쾌재를 불렀습니다. 세상에 기도처럼 쉬운 것이 어디 있습니까? 기도! 다 해보셨겠지만, 고개 숙이고 눈 감는 거 아닙니까?

약간 눈을 붙이고 자도 다른 사람이 전혀 모르는….

주일 벌건 대낮, 나는 성가대원으로 수백 명의 성도가 쳐다보는 높은 자리 성가대석에 앉아서도 꾸벅꾸벅 조는데 아무도 없는 컴컴한 골방에서 한 시간씩 혼자 기도 하라니요. 그래, 이번 중보기도 학교는 이래서 또 공짜로 졸업장 따나 보다 하고, 이왕 기도시간 주는 것, 두어 시간 주면 좋으련만 하며 아쉬움을 달랩니다.

기도실 비밀번호 5292를 누르고 방에 입장하였습니다. 우선 선풍기를 틀고 카세트 음악을 틀어 분위기를 잡았습니다. 그리고 패기 있게 출석부에 나는 왔노라고 크게 ○표를 한 다음 눈을 감았습니다.

우선 하나님께 건강하게 살아있게 해주셔서 감사하다고 자초지종을 보고드린 다음, 다음 기도의 끈을 잡으려고 하니 영 생각이 안 나는 것입니다.

그래서 급한 대로 '집사람 살 좀 빠지게 해달라'고 30초, '어머님이가 아프신데 소갈비도 뜯을 수 있는 틀니 달라'고 20초 기도하고 목을 젖히고 기지개를 켰습니다. 목이 뻐근해 오지만, 어디 이 정도 아픔은 기도로 참았습니다.

그리고 우리 교회 잘 되게 해달라고 한참 기도하고 목사님, 사모님, 부목 전도사, 장로, 권사, 집사, 지역장, 선교 회장님, 그리고 교사 성가대, 몽땅 다 합해 더 한참 기도 하니 숨이 턱까지 차고 머리가 멍한 게 골방 천정에 등불이 왔다 갔다 춤을 춥니다. 하나 내가 누군가? 왕년에 기도원에서 밤샘기도를 한 백전의 용사 아닌가 하며

다시 고개를 숙여 입을 엽니다.
"아픈 사람 빨리 낮게 해주시고, 군에 있는 자녀 왕따 당하지 않게 보살펴주시고, 애 없는 사람 태를 열어 주시고, 공부 잘하는 애들 대학 가게 도와주시고, 못하는 애들도 대학 가게 도와주시옵소서!"

기도방에 가지고 들어간 물을 시원스럽게 단 순간에 벌컥벌컥 마시고 의기양양 시계를 보니, 어라?
나와 우리 가족, 처가식구 회사, 회사직원 그리고 교회, 덤으로 우리나라 4대강 사업, 무상급식 논란까지, 몽땅 다 합한 시간이 4분 30초입니다.

내가 시계를 잘못 보았나? 하고 휴대전화기의 시계와 기도실 탁자의 시계를 비교해 보아도 내 기도 시간은 5분을 넘기지 못했습니다. 노래방에 가서 조용필의 노래 '못 잡겠다 꾀꼬리 꾀꼬리'를 불러도 5분이 넘는데, 내 문제는 물론 나를 넘어 5천만 민족과 세계를 아우른 나의 위대한 기도가…, 아! 나의 힘든 처절한 기도 시간이 4분 30초라니….

뭐 40일 금식 기도를 했다고요? 아니 그게 사람입니까? 예수님 열두 제자지….

'아이고, 나 죽네! 여기 엉터리 가짜 권사 죽네.' 외치며 다리를 뻗어 누워보니, 기도방은 아담한 것이 누우면 다리가 딱 맞아 참으로 잠자기 기막힌 장소입니다.

시간이 아직 50분이나 남았는데 한잠 자고 다시 시작할까 하다 생각하니, 하나님은 사람이 안 보이는 곳을 더 잘 보시는 하나님이란 말에, 얼른 자세를 고쳐 잡고 탁자 위에 놓인 십자가를 꼭 잡았습니다. 그리고 힘차게 찬송을 불렀습니다.

"울어도 못하네! 참아도 못하네! 힘써도 못하네…. 성부여 의지 없어서 손들고 옵니다."

"흰 눈 사이로 썰매를 타고 징글벨 루돌프 사슴코…" 하며 삼복더위에 내가 아는 찬송가 레퍼토리를 몽땅 꺼내 불렀습니다. 그리고 찬송이 바닥나자 일어서 멋있게 윤복희의 「여러분」도 불러보고 조영남의 「화개장터」도 불러 봤습니다. '나는 가수다'처럼 말입니다.

물론 내가 좋아하는 해병대 군가 '흘러가는 물결 그늘 아래 편지를 띄우고' 하며 '해이 빠빠 해병대' 하는 것으로 마무리하는 해병대 곤조가도….

거기가 노래방이냐고요? 이 권사 큰일 났구먼 하고 그렇게 삿대질로 질문하면 나도 할 말 있습니다(아니 속으로만 불렀다구요).

그리고 기진맥진 반쯤 쓰러져 다시금 시계를 쳐다보았습니다. 아! 시계의 큰 바늘이 시계의 반을 돌아 30분을 통과한 것입니다. 마라톤 신기록을 세운 손기정 선수처럼 얼굴은 말로 할 수 없는 기쁨이 넘쳤습니다.

그렇게 그렇게 시간이 가는 동안 무심코 탁자 위에 놓인 다른 사람이 쓴 기도 카드를 읽어 보았습니다.

카드를 읽는 순간 가슴이 벌렁벌렁했습니다. 딸이 암에 걸려 고생인데 자기 딸을 위해 중보기도 해달라고 쓴 어느 권사님의 기도,

회사가 경영이 위험 수준에 왔다며 기도로 도와 달라는 어느 집사님의 절박한 기도….

남들은 이렇게 각자의 기도 제목들을 눈물로 써놓고 기도하는데, '이강민 이놈! 네놈 수준은 도대체 어디냐?' 하는 주님의 음성이 들리는 것 같았습니다.

'이놈아! 교회를 폼으로 다니느냐? 교회를 아르바이트로 다니느냐? 아니면 교회를 네 멋대로 생각하고, 네 멋대로 계산하고, 네 멋대로 작정해서 다니느냐? 너는 중보기도 학교 퇴학이다.' 하는 주님의 노한 음성이 기도실 벽을 쿵쿵 치는 것 같았습니다.

아직도 내 믿음의 공사는 내부수리 중이라 주님, 조금만 더 기다려 주세요 하는 변명으로 오늘도 또 이렇게 하루하루를 간신히 넘기고 있습니다.

눈물의 떡

몇 년 동안 간암으로 고생하시는 우리 교회 여자 권사님이 한 분 계십니다. 너무 착하고 믿음이 좋은 분이라, '왜 저런 분이 저런 병에 걸리지?' 하고 그를 아는 사람들은 한 번쯤은 고개를 갸우뚱할 정도로 좋은 권사님이셨습니다.

10년 전 남편을 교통사고로 잃고 그 받은 보상금으로 육군 5사단 임마누엘 교회를 봉헌하신 권사님.

그리고 암으로 판정받고 교회의 모든 기도로 빚진 자들을 위해 감사의 떡을 만들어 전 교인(1,000명)에게 돌려 모두를 울게 하신 권사님, 그 권사님이 병환이 위독하다고 하여 어제 아내와 분당 서울대 병원을 찾아갔습니다.

항암 치료도 할 수 없을 정도로 위독하여 이젠 주렁주렁 달려있던 주삿바늘도 모두 치우고 성경책과 기도로 천국을 준비하신다는 권사님, 그 아프던 항암 주사가 오히려 그립다며, 의사 선생님께서 이젠 병원에서 더는 치료 방법이 없다는 말에 너무 서러워 밤새 울었다는 권사님, 대한민국 서울대병원에서 포기했으니 이제 갈 곳은 오직 천국 한곳이라며 눈물을 흘리시는 권사님.

"어제가 환갑이었어요, 살만큼도 살았지." 하시며 자식과도 목사님과도 이별 인사를 나누었고, 그래서 이젠 편안하다는….

나는 의식적으로 "권사님, 하나님은 죽은 나사로도 살리셨고 문둥병자도 고치셨는데 천국이 웬 말이세요? 하나님이 꼭 일으켜 세우실 겁니다." 하고 힘없는 소리로 허공을 맴도는, 값없는 말만 뱉어냅니다. 권사님은 내 손을 잡으며 "아니 이 권사! 나 천국 가는 것 바라지 않아? 암 판정받고 이 정도 기간 산 것도 주님의 은혜인데 뭘 더 바라? 그냥 편안히 가라고 기도해 줘. 우리 거기 천국에서 이다음 볼 거잖아." 순간 가슴이 뜨끔했습니다. 편안히 가시라고 기도해줄 자신과 솔직히 천국에서 만나볼 자신이 없기 때문이었습니다.

그래서 또 그냥 하는 얘기로 한마디 했습니다. "권사님, 인생은 9회 말 투아웃부터랍니다. 하나님이 어떤 섭리가 있으신지 우린 모르는 것이니까 속단하지 마시고 끝까지 힘내세요.” 그러나 그 말은 힘이 없었고 내 손을 꼭 잡은 권사님은 연신 그 좋은 천국에서 만나보자며 너무 바쁜 사람들 오래 잡아두는 것도 죄라며 가서 일들 보라고 하셨습니다.

병원에서 나오는데 왜 그리 허전한지, 만약 내가 권사님 입장에서 그 자리에 있다면 내 모습은 어떨까? 가슴 저 밑바닥에서 쿵쿵 무언가 뛰는 소리가 들렸습니다. 모르긴 몰라도 살려달라고 매일 밤 엉엉 울었을 것이며, 나는 누가 오면 천국 간다는 말 그렇게 힘있게 못 했을 것 같습니다. 솔직히 천국, 소나 돼지나 윷이나 걸이나 아무나 가진 못할 겁니다.

주를 시인하여 부르짖는 자마다 천국은 저희 것이라고 했는데, 발과 손과 마음이 다 따로인 상태에서 입으로만 시인한다면 천국에는 입만 가겠지요.

병실을 나오며 삼만 원을 머리맡에 놓으며 “약소합니다.” 했더니, 내가 무슨 돈이 필요 있느냐며 모든 것을 기증하고, 모든 것을 버리고, 남은 모든 것을 주님께 바치고 가는데, 도로 가지고 가라는 말씀에 할 말을 잃었습니다.

그리고 몇 시간 뒤, 나는 우리 교회 성도님들과 고기를 먹습니다.

그리고 후식으로 팥빙수를 하나 더 먹고 내일 예배 끝나고 포도밭에 갈, 신 나는 계획을 세우고 있습니다.

그 권사님 이젠 끝난 거 같다며 아무런 표정도 느낌도 없이 우리 교인들 모두가 다 아는 그런 일입니다. 그 권사님 얘기에 조금은 숙연해졌지만, 그것은 아주 잠깐이었습니다. 오히려 그 숙연함을 메우기 위해 더 큰 소리로 깔깔거리고 더 큰 동작으로 팔을 저으며 내일의 포도밭 약도를 외우고, 또 외우고 있습니다. 이런 돈이 판치는 세상 한쪽에서 우리의 이정희 권사님이 가쁜 숨을 몰아쉬며 천국을 예비하고 계십니다. 세상 사람들이 그렇게 호시탐탐 노리던 삼만 원의 돈을 한사코 거절하시며….

권사님의 병문안으로 한 발 더 믿음의 문으로 들어갑니다.

권사님 우리 내일 포도밭에 가서 포도는 먹되 농부의 고마움과 하나님이 주신 양식을 거룩한 마음으로 접하겠습니다. 나도 먼 훗날 몸이 쇠해져 인생의 끝자락에 오면 권사님처럼 내 교회, 사랑하는 가족과 성도님들에게 천국에서 만나보자고 당당하게 말하고 싶습니다.

- 2007. 9. 2. 선선한 가을에…

오케스트라 단장

가끔, 공원을 거닐다 보면 공원 벤치에서 색소폰을 멋지게 부는 사람을 만나곤 합니다. 언감생심 사람이 좋은 것 보면 탐난다고 정말 전혀 나에게 어울리지 않는 생각이 내 머리를 휘감아 돕니다.

성질이 풍산개처럼 급하고 질긴 나는 분수를 망각한 채 꿈 같은 도전을 시작해보기로 마음을 먹습니다. 그리하여 나도 한번 우리 교회 성가대 앞에서 그 멋있는 악기를 불어보고 싶었습니다. '빰빠라 빠빠 하며'.

성질이 급한 나는 바로 다음 날 종로 세운상가 악기점으로 달려갑니다. 황금색 나는 미끈하게 빠진 트럼펫 하나를 집어듭니다. 약삭빠르게 생긴 사장이 다가오며 웃습니다. "와! 선생님 테너 고르시는 것

보니 부럽네요. 그게 독일제예요. 미제보다 더 부드럽다는데 한번 부시고 평 좀 해주세요! 악기를 팔면서도 저는 악기도 잘 못 부는 사람입니다.” 하며 사장님은 괜히 머리를 긁습니다.

물론 사장님 말씀이 나를 뛰어주기 위한 거짓이라는 것을 훤히 압니다. 속으로 이놈 봐라 하며 트럼펫을 멋있게 집어들고 얼굴이 붉어지도록 힘을 주며 불었습니다. 하지만 녀석은 나의 부름에 꿈쩍하지를 하지 않았습니다. 나의 엉뚱한 배짱을 비웃는 듯이….

자동차도 처음 시동은 잘 안 걸리듯 처음이라 그런가 하고, 다시 목을 두어 번 비틀고 혓바닥을 반쯤 꼰 다음 목에 핏대를 세우며 귀가 멍하도록 불었습니다.

아! 힘을 주니 소리가 나오긴 나왔습니다. 하나 그 소리는 뿡 하는 내 엉덩이의 고약한 방귀 소리와 내 막힌 콧구멍이 뻥 뚫어지는 소리일 뿐, 정말 트럼펫의 음색은 아니었습니다. 마치 축구 경기에서 자살골을 넣은 뒤 감독에게 호되게 핀잔을 듣고 교체를 당하는 선수처럼, 나는 고개를 푹 숙이고 인사도 못한 채 웃음 가득한 사장님이 정말 실망스럽게 쳐다보는 그 불편한 눈빛을 받으며, 이상한 악기점과 기약 없는 이별을 하고 말았습니다.

그러나 결코 이 청계천 세운 상가 악기점에서 철수한다는 것은 내 자존심이 허락하지 않아 다른 악기점을 찾아갔습니다. 이번엔 코끼리처럼 생긴 긴 악기를 집어들었습니다. 그리고 이번엔 악기를 불지 않기로 했습니다. 왜냐면 불어봤자 역시 이 악기도 대답하지 않을 거라는 것을 트럼펫을 통해서 알았기 때문입니다.

그리고 그 80만 원에서 일원도 안 깎고 그 악기를 샀습니다. 이름하여 트 럼 본.

악기값을 안 깎은 이유는 이것이 시중 가격이 팔만 원인지 팔백만 원인지 내가 알 턱이 없고, 그래도 '이 악기가 하나님께 영광 돌릴 악기인데 어찌 돈으로 계산하랴' 하는 내 눈물 나는 신앙심이 밑바탕에 있었기 때문입니다.

우리 아파트 3층, '쿵쿵 빵빵 붕붕', 나의 박자 안 맞는 트롬본 소리가 아파트를 감싸고 돕니다. 그때 처음으로 4층 아저씨의 술 취한 모습을 보았습니다. 평소 점잖게 보여 전도하려던 내 꿈도 아저씨의 그 한마디로 수정하고 말았습니다. 그가 던진 짧은 한 마디 "3층 사람 점잖은 줄 알았는데 이상하게 미쳤구먼!"

악기 연습 3일째, 2층 아줌마의 앙칼진 목소리가 현관 너머로 들려 옵니다. "아니 애도 아니고 어른이 이게 뭡니까? 3층 아저씨, 내 웃으며 말씀드리는데 오늘까지만 그 소리 내세요."

그리고 결정적으로 1층 할머니의 한방에 나는 무너져 내 불쌍한 악기는 아파트에서 퇴출을 당했습니다.

"아니 3층에서 굿 하나? 왜 이리 꽹과리 두드리는 소리가 나?" 노크도 없이 들이닥친 할머니는 내 코보다 열 배나 긴 내 트롬본을 보며 "아이고! 요즘 굿엔 저런 거 쓰나 보지? 아니 3층 양반 무당 되려고 그러시우. 언제 신 받았수?" 할머니는 묘한 미소를 지으시며 계단을 내려가셨습니다.

아니, 이 고급스럽고 부드러운 서양 악기 트롬본을 소리를 꽹과리 두드리는 소리라니….

장소를 교회 지하 기도실로 옮겼습니다. 저녁이면 교회 와서 쿵당거리는데, 내심 별로 안 좋아하시는 사찰 집사님을 얄팍한 권사라는 계급으로 누르고 돈키호테의 발악은 시작되었습니다. '조용히 교회 가서 기도하려 하는데, 저 돈키호테 이 권사 때문에 교회 기도실에 가서 시끄러워 기도도 못 하겠네.' 하는 온 교인의 비난을 온몸으로 받으면서도 못 들은 척하며 열심히 불어댔습니다.

음악! 누가 그것을 심심할 때 하는 취미 생활이라고 했는가? 나는 내가 악기를 잡아 불어보고부터 음악의 아버지 바흐를 우리 아버지와 동급으로 격상시켰습니다.

"나리 개나리 입에 따다 물고요…" / "학교 종이 땡땡 어서 모이자…." 뭔 놈의 노래가 이토록 복잡하고 어려운지…. 어느 놈이 음악을 그냥 입으로 부르면 되지, 도 레 미 파 솔 하는 복잡한 악보를 만들고, 불고 치고 손으로 잡아당기는 수백 가지 악기를 만들어 사람들을 힘들게 하는지, 아프리카 원주민들은 나무 작대기와 깡통 하나만 있어도 신 나게 밤새 춤을 추던데….

환갑이 된 나이에 초등학교 1학년 음악책을 잡고 씨름하는 동안 한 달, 두 달, 석 달이 구름처럼 가버렸습니다. 그러던 어느 날, 나의 이런 기상천외한 소식은 처가 식구들한테까지 퍼져 처남·처제들이 우르르 격려 차 내 연습실 교회 지하 기도방을 찾아왔습니다.

격려 왔다기보다 서울 대공원에서 탈출했다 잡혀 온 말레이시아산 흑곰 구경 온 것이었지요. 그날도 어김없이 도 레 미 파 솔 라 시 도를 한 시간 불어 제친 뒤 내가 제일 자신 있게 부르는 위대한 주제곡 '나리 개나리'를 땀 흘리며 연주하는데, 뒤에서 "쿵!" 하고 무언가 넘어지는 소리가 들렸습니다. 악기를 불다 말고 무심결에 뒤를 보니 점잖기로 소문난 처남댁이 뒤로 벌렁 넘어졌습니다.

처남댁이 넘어져서까지 배를 잡고 웃는데 '와', 이 상황을 어찌 해석해야 좋을지. 처남댁은 40년 살면서 웃은 것 다 합해도 오늘 웃은 것만 못하다며, 땀을 비 오듯 흘리며 웃었습니다.

그래! 역시 독학은 힘들고 한계가 있어. 과외도 안 받고 서울대 합격하고 혼자 독학하고 검사 됐다고? 웃기지 마라, 요즘 그거 다 거짓말이다….

이대로 가다가는 70 전에 '산토끼 토끼야'도 못 부를 것 같은 생각에 그날부터 스승을 구하려고 백방으로 뛰며 길거리 신문 '벼룩시장·로터리'에까지 광고를 내었지만, 트롬본 스승은 군대 군악대나 가야 있다는 말에 낙담했습니다. 군대 군악대에서 휴가 온 놈 납치하여 나 좀 가르쳐 줘, 할 수도 없고, 이 나이에 군대 입대하여 군악대 갈 수도 없고….

낙담에 낙담하며 고심하던 중 두드리면 열린다고 했던가? 부천공고에 관악부가 있으며, 그곳에 가면 트롬본 부는 애들 만날 수 있다는 소식에 부천공고 관악부 문을 두드렸습니다. 역시 공고는 머리 짜는 공부보다 망치 두드리고 시간 나면 악기 부는 딴따라들이 많았습니다. 나는 우리 아들이 부천공고 출신이라는 것도 곁들여 선생님을 찾아가기로 했습니다.

관악부 지휘자 선생님은 내 끈질긴 부탁에 감동하셨는지, 아니면 너무 측은해 보였는지 다음 날 까까머리 사부(?) 한 분을 소개해 주셨습니다. 어린 나이에 얼마나 담배를 자주 피웠는지 온몸에 니코틴 냄새가 밴 꼬마 고2 녀석이 사부라고 왔습니다. 참으로 못 배운 게 한이라고, 나는 녀석에게 '야, 인마! 어린놈이 담배 좀 그만 피워라!' 하는 말이 목구멍까지 나왔지만 나는 고개를 숙였습니다.

사부는 세상 오래 살다 별일 다 본다는 듯, "아씨! 아씨가 알고 있는 곡 아는 대로 불어 봐요." 하며 다리를 꼬며 의자에 앉아 날 노려보았습니다. 나는 6개월 독학 한 특별 전천후 메들리 「나리」와 이어 접속곡 「학교 종」을 힘차게 불었습니다. 얼마나 떨렸는지 해병대 시절 공수 낙하산 탈 때보다 더 덜덜 다리가 후들거렸습니다.

역시 고수 선생은 달랐습니다. 우리 처남댁은 내 악기 소리를 듣고 뒤로 넘어져 얼굴이 파래지도록 까르르 웃었는데 우리 고수는 침묵했습니다. 나의 가능성을 본 것 같았습니다.

그리고 한마디. "자, 아씨! 대성할 기미가 보이니까 우리 열심히 한 번 해 봅시다." 역시 칭찬은 사람을 즐겁게 합니다. 신이 났습니다. 사업과 가정은 두 번째입니다. 트롬본 마우스피스를 주머니 속에 들고 다니며 픽픽 픽픽 밤낮으로 불어 젖혔습니다.

그렇게 트롬본에 미치는 동안 드디어 레퍼토리가 '나리 나리'에서 '비 오면 그 집 앞을' 하는 중학교 음악책 넘보는 기적 같은 수준까지 왔습니다.

그간 제자를 잘 만난 덕에 사부님은 담배를 좀 줄이신 것(?) 같고 공부도 좀 하는 것 같아 내 마음도 여간 기쁘지 않았습니다. 내 실력은 이제 '그 집 앞'을 지나 '로렐라이 언덕'에 이르렀고, 이내 '일송정 푸른솔'로 만주벌판을 힘차게 달리고 있었습니다.

소문이 소문을 낳았습니다. 그간 내 모습을 묵묵히 지켜보시던 목사님의 짧은 명령이 하달되었습니다. "이 권사! 오케스트라 조직해. 대한민국 교회에서 최고로 잘하는…." 하나 오케스트라 조직이 명령 하나로 다 된다면 세상 어려운 일이 어디 있겠는가?

어렵사리 지휘자 선생님을 모시고 사부를 비롯한 공고 밴드부를 포섭하기로 했습니다. 용돈도 주고, 맛있는 빵도 사주고, 고기도 사주었지만, 역시 종교 선택은 쉬운 일이 아니었습니다. 고심과 고심 끝에 미인계를 쓰기로 했습니다. 우리 교회 바이올린, 첼로, 플롯 하는 예쁜 애들과 함께 연습하는 시간을 만들었습니다.

역시 물고기 잡는 데는 밑밥이 좋아야 합니다. 교회 여학생들이 예쁘다는 소문에 공고 밴드부에서 구름처럼 몰려옵니다. 트롬본 부는 녀석 두 명, 트럼펫 부는 녀석 셋, 호른 부는 녀석 둘, 플롯 부는 녀석 두 명, 코끼리만 한 튜바를 부는 녀석, 밴드부의 악장까지 우르르 몰려와 오케스트라가 차고 넘칩니다.

내심 기뻤고 내심 걱정을 했습니다.
'이러다 녀석들이 떠나면 어쩌나?' 하고. 하나 그것은 내 믿음 약한 기우이고 하나님의 섭리가 있어 사부를 포함한 녀석들에게 하나님의 믿음이 더해지니, 풍성한 은혜로 웃음이 넘치는 믿음 생활의 시작이었습니다.

그 후 우리 약대교회 '필 그림' 오케스트라는 부천 최고의 시민회관 대강당에까지 서는 영광을 누리게 되었고, 영광스럽게 나는 오케스트라 단장이 되어 봉사하고 있습니다. 오케스트라 덕분에 교회의 부흥에 한몫하니 이 영광과 기쁨 비할 수 없습니다.

2012년 11월 2일 극동방송 「사랑의 뜰 안」 방송

승훈이와 정우

▶ 예쁘고 귀여운 손주 정우

"할머니~!" 하며 손주 녀석이 눈물 콧물 펄럭이며 뛰어옵니다. '아! 녀석이 또 엄마한테 혼났구나!' 짐작하며 그래도 할머니는 모르는 척 "어이구 내 새끼, 누가 우리 착한 승훈이를 울렸어?" 하며 손주를 끌어안아 올립니다.

우리 부부는 손주 사진을 핸드폰 바탕에 깔아 놓고 그것을 보는 즐거움으로 사는 늙은 나이에 접어들었습니다. 따지고 보면 친손주도 아니고 외손주요, 외손주도 아닌 조카딸(형님의 딸)의 아들을.

그러면 어떤가? 내가 조카의 작은아버지이고 그 자식이 내 손주인 것을, 한 아파트 옆 동에 살아 하루라도 안 보면 안중근 의사처럼 입에 가시가 돋는 것을.

녀석이 가끔 우리 집에서 자는데 한 번은 할머니에게 이런 말을 합니다.

“할머니! 나 할머니 아들 하면 안 돼?”

할머니는 감격했는지 손주가 아들로 변하면 족보가 어떻게 되는 것도 잊은 채 그렇게도 할머니가 좋으니 어이구 내 새끼 하며 녀석에 볼에 입을 맞춥니다.

손주와 할머니 사이가 이러니 할머니가 녀석에게 뽕 갈 수밖에 더 있나요? 어딜 가도 손주가 먼저요 할아버지는 늘 뒷전, 간혹 부르는 장소가 있다면 돈 내라는 곳에서나 나를 앞세울 뿐.

녀석이 우리 집에 자주 오는 데는 두 가지 큰 이유가 있습니다. 하나는 우리 집에 오면 자기 마음대로 냉장고를 열고 아이스크림이나 사탕을 마음대로 먹을 수 있다는 먹는 것에 대한 자유와 컴퓨터에서 오락을 무진장해도 누가 뭐라는 사람이 없다는 이유에서입니다.

이러니 녀석은 기를 쓰고 할머니네 오려고 하고 조카는 기를 쓰고 할머니네 안 보내려고 하고….

가끔 녀석과 자는 이불 속에서 나는 신 나는 옛날이야기를 늘어놓습니다. 99%가 말이 안 되는.

“옛날에 말이야, 호랑이가 살았는데 토끼가 나타났어. 그래서 호랑이가 어흥 하며 잡아먹으려고 했는데, 토끼가 호랑이 입을 자세히 보니 호랑이가 틀니를 빼놓고 온 거야.”

녀석은 내 얘기에 배꼽을 잡으며, “할아부지, 호랑이도 멍청하네, 멍청해.” 하며 좋아합니다. 이런 나의 엉터리 이야기에 할머니는 실소를 내며 비웃지만, 할머니 역시 그런 손주의 모습이 예뻐서 ‘아이고, 내 손주’를 연발하며 녀석을 끌어당깁니다.

초등학교 2학년 녀석의 일정은 대기업 영업사원만큼 바쁩니다.

학교를 마치고 집에 오기 전 영어 학원을 한 군데 둘러 공부를 한 다음, 집에 와 가방을 풀어놓고 피아노 학원엘 갑니다. 나는 사내자식이 피아노 하는 거 마음에 안 들지만, 음악이 지능 발달에 좋다나? 그리고 피아노가 끝나면 무거운 가방을 메고 수학 학원엘 갑니다. 저녁 땅거미가 질 무렵 빵 한 조각에 허기를 채우고 다시 영어 독서실에 찾아갑니다. 초등학교 2학년짜리가 영어 소설책을 다 읽고서야 늦은 밤 집으로 옵니다.

할머니는 그런 손주 놈을 안쓰럽게 기다리다 쯧쯧쯧 혀를 차며 데리고 옵니다.

“이제 애 좀 쉬게 해라!” 하고 엄마한테 말하면 애 엄마는 소리칩니다. “다른 애들한테 비하면 애는 놀고먹는 거예요. 너 오늘 숙제 끝날 때까지 네 방에서 나오지 마!” 하며 무섭게 명령을 내립니다.

아! 이 나라 교육이 어쩌다 이 지경이 되었는지, 그래도 녀석은 꾸역꾸역 밀린 숙제를 해 나갑니다. 이런 지치고 힘든 녀석이 우리 집에서 자는 날은 우리 집은 온종일 훈훈합니다. 우리 집은 녀석의 자유의 공간이며 하늘을 바라볼 수 있는 아름다운 공원입니다.

아들이 아들을 낳았습니다. 예쁘고 귀여운 손주를 세상에 내어놓았습니다. 이름 하여 이정우.

아직도 내 사랑은 승훈이지만, 아내의 마음은 오직 친손자 정우입니다. 정우의 등장으로 우리 집은 4대의 가족이 뭉쳐 사는 한 부대가 됐습니다. 4대가 교회에서 나란히 앉아 예배드리는 모습에 모두 부러워합니다. 아직 백 일밖에 안 된 손주라 내가 해줄 수 있는 것은 녀석의 눈에 대고 '야웅 야웅' 하는 고양이 소리로 오히려 내가 손주에게 재롱을 떠는 입장이지만, 녀석이 조금 크면 녀석과 공원에 나가 싱그럽게 푸른 나무를 보며 나무 얘기도 해주고 싶고, 서울대공원 코끼리를 보며 아프리카의 멋진 정글에 대해서도 들려주고 싶고, 더불어 우리가 함께 있어 행복하다는 아름다운 대화도 나누고 싶습니다.

우리 정우와 승훈이의 희망찬 앞날을 위해 할아버지는 기도한다.

어린아이의 울음

모임에서 유럽으로 여행하는 기회가 있었습니다. 어릴 적이나 어른이 된 지금이나 여행은 늘 마음을 들뜨게 합니다.

부천에 살며 가까운 도봉산이나 설악산만 가도 마음이 들떠 밤잠을 설치기 마련인데, 나에게 유럽 여행이란 너무나 큰 행운이며 선물이었습니다.

사실 비행기도 잠깐 타야 재미도 있고 멋도 있는 것이지, 장장 10시간을 작은 의자에 앉아 거저 주는 밥 먹고 또 자고 하는 것은 여간 고문이 아니었습니다.

물론 일행이 있어 이런저런 얘기 하며 간다지만 그것도 한두 시간이요, 성질 급한 나에겐 그냥 비행기에서 문 열고 날개 위에서 좀 쉬었다 오고 싶은 마음이 굴뚝 같았습니다.

더욱 이번 여행에서 짜증이 난건 간난 어린아이가 인천공항을 이륙할 때부터 울기 시작했는데, 비행기가 서해를 지나 그 넓은 중국을 통과하고 아시아를 넘어 히말라야 위를 날고 있는데도 계속 칭얼대며 앙앙 울어 댄다는 것입니다.

스튜어디스 아가씨가 가서 "아가야!" 하며 방긋방긋 달래도 보고, 비행기 사무장이 가서 자리를 좋은 곳으로 옮겨주고 과자도 주고 했는데도, 아이는 울음을 그칠 줄 모릅니다. 나이 든 부모가 죽도록 울어 대는 아이를 달래느라 진땀을 흘립니다.

승객 모두가 쯧쯧 혀를 차며 참으로 이 비행기 재수 없게 탔다는 식으로 표정이 말이 아닙니다. 참으로 아이 울음소리가 저토록 미울 수가 없었고, 승객들도 웅성웅성 '해도 너무 한다'고 혀를 차고 있습니다.

아마 여기가 하늘이 아니고 육지라면 모두 내렸을 겁니다. 먹은 식사가 소화가 안 됩니다. 그 아이의 울음소리를 멀리하기 위하여 비행기 화장실 뒤쪽 조그만 공간에서 서 있는데, 아이의 부모가 아이를 안고 내 곁으로 다가왔습니다.

내가 별로 좋지 않은 표정으로 그를 바라보자 그 아빠는 멋쩍은 듯 고개를 숙이며 이런 말을 했습니다.

"선생님, 이 애 때문에 너무 불편하시죠? 이 아기가 오늘 입양 가는데 자기도 자기가 태어난 나라 떠나는 걸 아는 모양입니다. 어제까지 그렇게 웃던 애가 정말 죽을 것처럼 우네요." 순간 나는 머뭇거렸습니다.

그리고 정말 미안한 마음에 고개를 숙이며 물었다.

"입양이라니요, 부모님 아니세요?"

"네, 저희는 아이를 맡아 키워서 입양해주는 입양부모입니다. 버려진 아이를 3개월 동안 키워 이렇게 유럽으로 보내는데, 정말 이렇게 입양 보내는 날은 애들이 모두 울어댑니다. 저도 키운 정에 울고 싶지만, 맡은 책임이 있어서 저와 제 집사람은 애들을 양부모에게 넘겨주고 돌아오는 비행기에서 밤새 운답니다."

얘기를 듣는 순간 내가 어떤 표정을 지어야 할지, 울고 있는 이 아이를 보며 어떤 말로 울지 말라고 위로해야 할지, 그저 몸 둘 바를 모르고 민망해 허둥대다 다시 자리에 앉았습니다.

'그래, 아가야 울어라! 너를 이렇게 낳아준 너의 부모를 원망하며

울고, 너를 키워 주지 못하고, 낯설고 물 선 먼 나라 유럽에 너를 팔
아넘기는, 말만 번지르르한 대한민국을 욕하며 울어라.'

비행기가 프랑스에 도착한다는, 이제 곧 착륙한다는 안내 방송을
들으며 왠지 힘없는 눈물방울이 뚝뚝 내 무릎에 떨어졌습니다.

위브의 힘

30년 동안 반지하와 지하를 오가며 월세방과 전세로, 부천 이곳저곳을 전전하다 이곳 위브 오피스텔 46평의 궁궐 같은 집으로 이사 오던 날, 아내와 나는 감격에 젖어 8층 우리 집 거실에서 두 손을 맞잡고 주르륵 눈물을 흘렸습니다.

물론, 여기 이 집으로 이사 오기까지 조카 내외가 '작은아버지에게 내가 가지고 있는 집 중에서 아주 싼 가격으로 한 채 드릴게요.' 하는 고마운 마음이 일등 했고요.

장마철이면 안방 문턱까지 차오르는 구정물에 항상 5분 대기조처럼 보초를 서야 했고, 겨울이면 유리창에 하얗게 얼어붙은 차가운 냉기에 몸을 움츠리며 살았습니다. 간혹 친구들이 자네 동네 왔으니 자네 집 한번 가자고 소매를 끌어도 나는 이런저런 이유로 그들을 피했고, 나 아는 사람이 우리 집에 오면 그냥 모든 것이 부끄러워 자리를 피하곤 했습니다.

물론, 지하 방에 사는 것이 죄도 아니고 살아가는 데 별문제도 없지만, 뭔가 내 인생의 현재 성적표를 보여주는 것 같아 문득문득 현실에서 초라해졌습니다.

그런 곳에서 그렇게 살다 우린 부천 한복판 46평짜리 이곳 위브로 이사를 왔습니다. 지하에서만 살다 햇빛 쏟아지는 지상으로 올라와 처음 내 집을 장만 하니 대통령이 사는 청와대가 부럽지 않았고, 대그룹 회장 별장이 탐나지 않았습니다.

이사 온 지 5년이 지난 어느 날, 오피스텔 우리 단지 지하 주차장 2층, 한 무리의 가족이 더운 날씨 속에 두리번거립니다. 그리곤 이내 무엇을 찾는 것을 포기한 채 짜증스런 얼굴로 말을 걸어옵니다. "아저씨, 여기 오피스텔 2층 세븐 스프링스 어디로 올라가요?"

가끔 처음 오신 분들이 있었던 일이라 나는 아주 상식적으로 "저기 중간 엘리베이터 타고 가세요." 하며 손짓으로 대답했습니다. 아이를 걸쳐 업은 엄마가 곤욕스러운 얼굴로 그쪽으로 뛰어갔다가 다시 뛰어 옵니다.

"아저씨, 거기 가 봤더니 엘리베이터가 작동 안 되는데요. 다른 데 없어요?" 그래, 그럴 수도 있지 하며 그 가족을 모시고 다른 엘리베이터로 2층 세븐 스프링스로 안내해주었습니다. 정중하고 예의 바르게….

솔직히 그 정도 호의를 베풀었으면 아저씨 고맙다고 허리라도 구부려야 하는데, 허리 구부리는 것은 고사하고, 어찌 된 일인지 우리 단지 욕만 쏟아놓고 내리는 것입니다. "에이! 못 살 놈의 동네." 하며 욕만….

그 가족 일행이 타고 내린 엘리베이터 안에 욕이 한가득했습니다.
문 여는 날보다 닫는 날이 많은 2층의 상가, 지나가는 사람은 하나도 없는데 그래도 그 2층을 지키는 간판들이 바람에 몹시 웁니다.
1년을 지나다 보아도 가게 안에 손님이 하나도 없었던 명품 양장점, 언제나 혼자 앉아 책을 읽고 계신 안경 낀 롯데여행사 여사장님, 점심시간인데도 한 사람의 손님이 없어서 그냥 TV만 보고 계신 묵밥 집주인….

아! 이 단지 안에 살고 계시는 위브의 주민 여러분!
너무 잔혹하지 않습니까?
만일 귀하가 위브 2층에서 사업을 한다면 무슨 사업을 하시겠습니까? 아마 골똘히 생각해도 제갈공명이 아닌 이상 귀하도 머뭇거리며 머리를 긁을 겁니다. 그 힘없이 앉아 물끄러미 도자기만 바라보시는 도자기 집 여사장님께 왜 이토록 미안한지….

불 꺼진 위브의 2층에서 우린 우리의 앞날을 봅니다. 상가가 살아
야 오피스텔도 산다고요. 우린 웃으며 그렇게 말을 합니다.
아침, 아침의 복도를 보셨나요.?
지하층에서 지하층만으로 다니셔서 2층은 보지 못하셨다고요? 젊
은 학생들이 재잘거리는 소리가 2층 복도에 가득 하답니다.

희망이 있어요. 이 뜨거운 2층을 이젠 우리가 살려야 한다고요. 지
하철이 개통되어 역사가 코앞으로 들어서고 단지 뒤에는 그림 같은
소공원이 착공되어 진행되고…. 나는 우리 이브의 처음을 믿는 사람
입니다.

귀하는 처음이 어떠셨나요? 처음 이 단지 이 땅에 첫 삽을 뜰 때의
그 거룩함, 처음 이 집을 분양받을 때의 그 설렘, 처음 이 집을 방문
했을 때의 그 감동과 꿈….

나는 내가 사는 오피스텔 우리 위브의 처음을 믿는 사람입니다.

- 2010년 7월 27일, 위브 홈페이지에

요양원의 형

형이 한 분 계십니다. 나이가 나하고 열두 살 차이 나는 72살 먹은 늙은 형은 나이 차이만큼이나 성격도 다르고 생각하는 방식이 틀려 뭐 하나 맞는 것이 없습니다.

형의 생활 전부는 '오직 예수, 오직 교회' 이것뿐이고, 교회는 다니지만 계산할 것 계산하고 앞뒤 가려 믿는…. 믿음이 약한 나는 결코 거기에 동의하지 않습니다.

왜냐면, 죽어 천국은 살아 배고픔과 바꿀 수 없기에 잠깐의 부족함에도 짜증을 내며 불편해합니다.

약대교회 10년 이상 출석하신 알만한 분은 다 아십니다. 이강혁 권사가 어떤 분이신지….

충남 홍성 요양원에서 이젠 기력이 쇠약해 70대인데, 90 먹은 사람처럼 힘들게 지내는 형이 있습니다.

엊그제 요양원에 들러 형을 보았습니다. 아! 얼마나 늙었는지 요양원 사람들이 나보고 아들이냐고 물어옵니다.

이젠 기력이 쇠약해 일어서지도, 간신히 일어서면 잘 걷지도 못하는 몸이 되었습니다. 젊은 시절에도 눈이 안 좋아 도수 높은 안경을 늘 쓰고 다녔는데, 이젠 현미경 같은 안경을 쓰고서야 물체를 구별하고 사람을 알아보는 지경이 되었습니다.

형의 안경을 잠깐 슬쩍 써본 나는 그 잠깐의 어지러움으로 머리가 빙빙 돌았습니다. 젊어서 쌀 한 가마니를 번쩍 들고 뛰던 천하장사 형의 모습은 온데간데없고, 축 늘어진 어깨와 힘없이 바라보는 희미한 눈동자의 형의 모습만이 오늘 슬프게 남았습니다.

나의 형 이강혁.

나의 못난 형은 자식을 먼저 보내고, 아내를 먼저 보내고, 그렇게 가슴에 한이 맺힌 인생입니다. 남들에게 우리 형은 그냥 착한 형입니다. 남들에게 우리 형은 법 없이 살 분이며 모두가 죽으면 천당 갈 분이라고 엄지 손을 꼽습니다.

평생 살면서 나는 형이 화내는 모습을 본 적이 없고 평생 살면서 나는 형이 슬프거나 아파서 우는 모습을 본 적이 없습니다.

형은, 우리 형은 늘 웃었고 언제나 겸손했습니다. 하나 우리 형은 바보가 아니었습니다. 이런 형의 아들과 아내를 하나님은 왜 먼저 하늘나라로 데리고 가셨는지 참으로 궁금하고 어이가 없었습니다.

이런 착한 형이 정말 어이없게 약혼식 날, 약혼식을 마치고 친구들과 사진을 찍으러 가다가 타고 가던 승용차가 전복되어 서울 성모병원에서 머리 수술을 다섯 번이나 하고서야 기적처럼 살아났습니다. 그래서 그 후유증으로 기억이 뚜렷하지 못한 형.

엊그제, 45년 전 형의 사고로 내가 고등학교에 합격하고도 진학 못하고 돈을 벌기 위해 염전에 다녔던 그런 슬픈 얘기를「땅끝마을 염전」이란 제목으로 모 방송국 여성시대 프로그램에 보냈는데, 당첨이 되어 방송한다고 연락이 왔습니다.

더불어 몇 가지 상품도 준다고 주소를 알려달라고 해서 형님이 계시는 홍성의 요양원 주소를 알려주었습니다. 그것이 무슨 상품인지는 알 수 없으나, 형이 얽힌 사연이고 상품을 내가 받기엔 도리가 아닌 것 같아서 요양원 식구들에게 나눠드리라고….

이 땅에 하나 있는 형의 딸이 우리 아파트 옆 동에 같이 삽니다.

나는 딸이 없으므로 내 친딸처럼 보살피고, 녀석도 작은아버지인 나를 아버지처럼 생각합니다. 조카가 옆에 살아 얼마나 좋은지 모릅니다.

오늘따라 30년 전 돌아가신 어머님의 얼굴이 '획'하고 투영됐다 사라집니다.

"강민아, 네가 형 좀 잘 돌보거라!"

"아니 어머님, 형이 동생을 잘 돌봐야지 어찌 세상에 동생이 형을 잘 돌봅니까?"

대드는 아들의 손을 잡고 어머니는 눈물을 흘립니다.

"네 형은 정신이 없는 사람 아니냐? 그런 사람 네가 돌봐야지, 이 세상 누가 돌보냐?" 하시며 눈물을 흘리시던 모습이 떠오릅니다.

오늘 다시 찾아온 충청도 홍성 장수 요양원.

못난 형은 날 잡고 웁니다. "*끄억 끄억!*" 요양원 그 낡은 침대가 흥건하게 젖도록 눈물을 흘립니다.

강민아, 형 좀 잘 보살피라는,

강민아, 불쌍한 네 형 잘 보살피라는, 어머님의 슬픈 유언이 흘러 간 노래처럼 출렁이다 사라집니다.

어깨동무 친목회

고향에 소꿉친구가 있습니다. 한 동네 아래윗집에서 태어나고 자라, 초중고등학교를 한날에 들어가 한날에 졸업 한, 흔히 무식하게 말하는 불알친구들이 열 명이 있습니다.

몸뚱이 생김새는 제각각 달라 짜부라진 놈, 길죽한 놈, 옆으로 퍼진 놈, 제각각 민주주의식으로 이 땅에 태어났지만, 한가지 닮은 공통점이 있으니… 모두 가난한 촌놈이라는 것과 농사꾼의 아들이라는 것, 지독히 공부를 못 했다는 것(대학은 나만 나왔음 해병대), 다 마누라가 남편보다 났다는 것입니다.

20년 전 이런 열 명의 친구들이 모여 고향 친목회를 조직하게 되었습니다. 태어난 동네 이름을 따서 친목회 이름을 '백석동 친목회'라고 지었는데….

우리 목사님이 감신대 79학번 동기들을 모아 '어깨동무 선교회'를 만들어 어려운 동기들을 후원하는 모습을 감명 깊게 보고, 우리 친목회 이름도 '어깨동무 친목회'로 바꾸게 되었습니다.

우리 모임은 2달에 한 번씩 모이는데 만나면 먹고 마시고 심심하면 여자 얘기하고, 취하면 여자 있는 술집 가고 그런 보통 남자들의 모임이었는데, 이름을 어깨동무로 바꾸고 새로운 변신을 시작하였습니다.

친구 중, 전신마비 장애로 누워있는 친구가 한 명 있고, 또 간암 말기로 병원에서 퇴원하여 집에서 쉬고 있는 친구가 한 명 있습니다.

이번 모임은 이 친구와 함께하자는 데 의견이 모였습니다. 정월 초하루 전날과 추석 전날 모여 강화로 붕어 잡으러 가는 계획을 세운 겁니다.

두 친구를 데리고 그물과 솥과 양념을 들고 강화 벌판으로 붕붕 차를 타고 떠납니다. 미꾸라지·붕어 잡는 법에는 다 한가지씩 재주가 있는 촌놈들이라 걱정이 없습니다.

50년 전!

그 시골 논두렁에서 우리는 매미채를 들고 그렇게 붕붕거리며 뛰

놀고, 그렇게 붕붕거리며 바람개비를 들고 뛰어다녔습니다.

　한 녀석이 물이 흠뻑 괸 논고랑에서 그물로 붕어를 힘차게 걷어 올립니다.

　한 녀석이 흙을 고르며 자리를 만들어 돗자리를 펼칩니다.

　한 녀석이 솥을 올려놓고 쌀을 씻어 밥을 준비합니다.

　한 녀석이 마늘을, 대파를, 감자를, 깻잎을 닦으며 손질을 합니다.

　한 녀석이 복숭아를 포도를 씻으며, 닦으며 조심스레 썰어댑니다.

　한 녀석이 젓가락과 숟가락을 세어보며 그릇을 챙깁니다.

　한 녀석이 잡은 미꾸라지와 붕어에 소금을 뿌리며 조리 준비에 여념이 없습니다.

　한 녀석이 소주와 맥주를 섞어서 한 잔의 고약한 각테일을 만듭니다.

　몸이 아픈, 아주 많이 아픈 두 녀석이 친구들이 깔아놓은 멍석에 앉아 눈물을 그렁그렁 떨굽니다.

　올가을 코스모스를 보고 죽고 싶다던 간암 말기의 친구, 한때는 해군 UDT 출신으로 무서움을 모르던 친구가 강화 벌판, 친구들이 깔아놓은 멍석 위에서, 친구들이 잡아 끓이는 추어탕의 향기를 맡으며 꾸역꾸역 눈물을 떨굽니다.

　20년 전, 그만 한순간을 못 참고 농약을 마셨던 또 하나의 친구, 그 후유증 때문에 걷지를 못하여 집 밖 외출이 없었던 친구를 우리가 들고 업고 나와 여기 멍석 위에 앉혔습니다. 녀석도 미안하다며, 고개를 떨구고 흐느낍니다. 못나게 농약을 마셔 가족과 친구들에게 죄를 지어 미안하고, 또 미안하고 미안하다며….

　한잔 술에 취한 친구가 소리칩니다.
　"야, 이 촌놈들아! 네놈들 울려고 여기 왔어?" 그리고 취한 녀석도 이내 눈시울을 붉힙니다.
　강화 논두렁 옆 감나무 그늘에서 열 명의 촌놈들이 앉아 그저 눈물로 범벅된 추어탕을 꾸역꾸역 먹습니다.

　해가 서산을 기웃거리며 넘어가는데 뭔 놈의 노을이 이토록 아름다운지, 강화 마니산 뒷자락 서해에 온통 붉은 물결이 넘실댑니다.

- 2005년 4월

한라산과 부도 어음

생전 처음 법정엘 가 보았습니다. 그리고 생전 처음으로 판사도 보고, 검사도 보고, 변호사도 보고. 이런 높으신 사법고시 출신들을 이렇게 가깝게 앉아 실물로 보기는 처음입니다.

이런 분들이 일하는 곳은 아주 분위기가 엄숙하고 그분들 말이라면 피고나 원고나 모두 '네, 네' 하며 절절매는데, 아! 이래서 기를 쓰고 공부하고, 아! 이래서 죽기 살기로 고시공부 하나 보다 하고 쓴웃음을 지었습니다.

법정에 무슨 일로 갔느냐고요?

이야기하자면 기가 막힙니다. 공사를 하고 공사대금으로 어음 사천만 원짜리를 받았는데 부도가 난 거예요. 그래서 우리 공사업체는 채권단을 조직해 돈을 받기 위해 건설회사를 고소하고….

초등학교 3학년 애들한테 물어봐도 일백 번 이기는 게임인데, 돈 많은 그쪽은 우리 하청업체에 돈을 안 주려고 계속 지방법원, 고등법원, 대법원까지 항고하여 변호사 수임료에 허덕이는 우리 채권단을 몰아붙입니다.

우리 채권단도 이 정도 투자했으면 잘 먹고 잘 살라고 손 털어버리고 파산해야 저들의 계산에 맞는데, 빚에 빚을 내어 우리도 맞고소에 들어갑니다.

우리 채권단도 몇 번의 파산 위기가 있었지요. 법무비가 너무 많이 들어 이 재판을 끝까지 해야 옳으냐, 아니면 여기서 중단해야 옳으냐? 서로 옥신각신하며 싸운 적도 있습니다.

초등학생 3학년 정도만 돼도 금방 판결을 내릴 수 있는 간단한 사건을 4년씩이나 끌고 가며 수십 명의 검사와 판사와 변호사가 이 사건을 거쳐 갑니다.

건설사 사장이 고의 부도를 내고 도망갔다가 우리 채권단이 그를 잡아오고 그가 몰래 빼돌린 땅을 압류했는데, 법원에서 그 땅을 팔아 갚으라 하면 간단한 사건을 놓고 이유에 이유를 붙여 4년을 끌어옵니다.

그들은 항고할 때마다 새로운 변호사를 데리고 나오고 판사는 새 변호사가 왔으니 서류를 검토할 시간을 준다며, 재판을 한 달 더 연장해준다며 망치를 두드립니다. 그럴 때마다 밀려오는 허망함과 분노, 그쪽 변호사는 네놈들이 아무리 날뛰어봐라, 네놈들이 이기나 하고 조롱하듯 허탈하게 앉아 있는 우리를 보고 웃고 지나갑니다.

아! 이래서 이놈들 판사, 변호사는 서로 짜고 고스톱을 치고 있구나 하고 힘없는 우리 채권단은 이를 갈았습니다. 이렇게 간 재판이 지방법원에서 2년 고등법원에서 1년 대법원에서 6개월, 채권단 12명이 공사비 11억을 받기 위해 12억의 재판 경비를 쏟아부으며 법원을 쫓아다닙니다. 공사대금 못 받은 것도 억울해 죽을 지경인데, 소송비 12억도 이자에 이자를 물고 빌린 돈입니다. 이래서 재판 오래 하면 집안 망한다는 소리와 돈 있는 놈이 끝판에 재판 이긴다는 속설이 있나 봅니다.

한번은 법원 계단을 올라가는데 경비원이 가로막고 무슨 금속 탐지기로 몸을 수색합니다. 어찌나 기분이 나쁜지, 이 사람 이거 뭐 하는 거냐며 화를 내니 규칙상 이렇게 검사를 해야 한다는 겁니다. 그래서 이 사람아, 저 앞사람은 왜 검사 안 하고 나만 하느냐며, 작업복 입고 여기 오니 사람이 우습게 보이냐며 항의했더니 앞의 저 사람은 변호사라는 겁니다. 그 말에 더욱 열이 뻗쳐 "이 사람아! 변호사는 옷 속에 흉기가 없고 나한테는 흉기가 있어 보이냐?"며, 변호사는 그냥 통과해도 되는 조항이 어디 있느냐며 큰 소리로 항의했더니 슬그머니 자리를 뜨더군요. 법원 경비들도 작업복 입은 사람 우습게 알아요. 이러니 판사, 검사들이 우리처럼 돈 없고 힘없는 채권단을 얼마나 우습게 알겠어요?

어제, 4년여의 길고 긴 재판 끝에 대법원 판결이 나왔습니다. 피고는 원고 채권단에게 소송비를 포함한 전액을 배상하라고.

우리는 만세를 불렀고, 그가 우리에게 내놓아야 할 금액이 30억 원에 이릅니다. 처음 3억만 주면 모든 것을 끝내겠노라며, 건설회사 사무실에서 우리 채권단이 애걸하며 매달렸는데, 이젠 역전이 되어 20억에 합의해 달라는 피고 측의 제의를 무시해 버렸습니다.

4년 전 어음통장에 돈을 찾으러 은행에 갑니다. 내가 내민 통장을 들고 한참 만에 나타난 은행원은 날 측은한 듯 바라보며 "사장님! 이 어음 부도났는데요, 벌써 한 달이나 됐어요." 앞이 캄캄하고 정신이 나질 않았습니다. 심장이 멎는 것 같았습니다. 은행을 뛰어나와 이리저리 알아보니 건설회사는 부도가 나 없어지고, 벌써 채권단이 구성되고 야단이었습니다.

배낭 하나를 메고 제주행 비행기에 오릅니다.

예수 믿는 기독 신자가 성경책이 아닌 막걸리 두 병을 배낭에 넣고 한라산을 뛰어오릅니다. 성판악 코스를 타고 관음사로 내려오는 9시간짜리 코스를 뛰고 또 뛰어오릅니다. 머릿속 생각은 오직 한 가지, 믿었던 사람에게 처절하게 배반당했다는 배신감과 교회 장로라는 사람이 그런 식으로 부도를 내어, 그 교회는 물론 예수를 믿는 사람까지 '도둑놈의 새끼'로 낙인 찍혔다는 데 대한 자괴감이 밀려오고 또 밀려옵니다. 얼마나 뛰어 달렸을까, 백록담이 보이고 여기저기 탄성 소리가 정상에 퍼집니다.

배낭에 가지고 간 막걸리 두 병을 안 주도 없이 나발을 불었습니다. 정상의 사람들은 여기저기서 야호 소리를 지르며 정상 정복의 기쁨을 누리고 사진 찍기에 정신이 없었지만, 나의 마음은 괴로움으로 가득 차 있었습니다. 마음이 괴로우면 모든 것이 다 어둡게 보이고, 마음이 울적하면 모든 것이 다 슬프게 보이는 것을 그제야 알았습니다. 코스가 짧은 성판악을 버리고 좀 더 힘들고 먼 관음사 코스로 뛰어 내려옵니다. 온몸에서는 장맛비 같은 땀이 흘러내리고, 마치 무엇을 쫓아가듯 헉헉거리고 뛰는 모습에 마주치는 등산객들은 한마디씩 합니다. 참으로 등산을 즐길 줄 모르는 무식한 사람이란 비아냥이 귀를 때립니다.

그렇습니다.

지금 내 안중에는 한라산의 유채꽃이 안 보이며, 백록담에서 바라보는 푸른 제주 바닷가가 눈에 들어오질 않습니다. 오직 보이는 건 가슴에 지문처럼 묻어둔 부도난 어음 조각만 슬프게 투영될 뿐, 내 눈에는 한라산이 보이질 않습니다. 9시간의 왕복 코스를 3시간 만에 뛰어 올라갔다가 뛰어 내려왔습니다.

이렇게 나도 모르게 초인적인 광기를 부렸습니다. 아! 사람이 한 가지에 몰두하면 이런 힘이 나오는구나 하고 한편으로 무척 놀랐습니다. 예전에 어떤 국제 뉴스를 보니 5톤 트럭이 자기 아이 앞으로 굴러 오는 것을 엄마가 트럭을 막고 아이를 살려냈다고 하는 뉴스를 본 적이 있습니다. 내가 3시간 만에 한라산을 등반했다고 하니 한라산에 다녀온 사람들은 모두 웃습니다. 물론 다음 날, 다리가 부어 걷지 못할 정도로 큰 고생을 했지마는….

한라산, 그 산은 내게 고마운 산입니다.

그 산이 거기 있어 나는 슬프고 외로울 때 배낭 하나를 걸쳐 메고 한라산에 오릅니다. 물론 슬픔을 달래주는 위로의 산만은 아닙니다. 내가 피곤하고 힘들 때, 내가 살아가면서 누군가에게 깊은 대화를 하고 싶을 때, 나는 나의 친구 한라산을 찾습니다.

거기 그곳엔 사시사철 늘 푸르게 합창하는 소나무와 거기 그곳엔
파란 물감보다 더 파란 파랑새의 노랫소리와 관음사 매점 그 텁수룩
한 아저씨가 꺼내주는 노란색의 감귤 막걸리가 그곳에 있습니다.

오늘 채권단 55차 모임이 다시 열립니다. 4년간의 투쟁에 종지부를
찍는 날입니다. 문득 영화 『부러진 화살』의 슬픈 한 장면이 스치듯
지나갑니다. 오늘따라 안성기의 외침이 뿌연 가을 하늘에 검게 피어
오릅니다.

"야, 이놈들아! 이게 재판이냐? 개판이지."

돈에 관하여

영등포역 대합실에서 2년 동안 노숙을 하는 한 걸인이 있었습니다. 그도 한때는 잘 나가던 사람이었으나, 사업에 실패하고 돈이 없다는 이유로 아내로부터 이혼을 당하고 돈이 없는 아버지란 이유로 자식한테도 외면당했습니다. 그는 결국 세상을 원망하며 방황하다 알코올 중독자가 되었고 급기야 길거리를 떠도는 거지가 되었습니다.

그도 한때는 잘 나가던 사업가였습니다. 대학을 나와 자신이 지닌 지식과 자신이 모아 둔 재산을 투자해 성공을 꿈꾸던 유능한 대한민국의 사업가였습니다. 그리고 아내와 아름다운 인생을 설계하던 대한민국의 보통사람이었습니다. 어릴 적 꿈이 대통령이었고 어른이 돼서는 훌륭한 아빠가 되겠노라고 다짐했던 그가, 하던 사업의 실패

와 따라주지 않는 운으로 오늘날 그런 모습으로 변해 있을 줄은 꿈에도 몰랐을 겁니다. 인터넷에 올라온 그의 모습은 냄새나고 더러워 모니터에서 그 냄새가 올라오는 느낌이 들 정도로 그 얼굴을 오래 볼 수 없었습니다.

그러던 그가 5,000원짜리 로또 한 장으로 인생이 바뀝니다. 로또 1등 34억에 당첨이 된 것입니다. 34억은 웬만한 부자도 만지기 힘든 돈으로 우리 약대교회에도 그만한 부자는 없는 것으로 알고 있습니다. 나도 사업을 십수 년 했지만 34억이란 돈은 꿈의 액수이며, 살면서 그만한 돈 구경은 해보지도 못한, 어쩌면 꿈 너머의 돈입니다. 돈이 요술 방망이가 되어 영등포역 대합실의 거지가 보석처럼 빛나는 지중해 바다 위에서 크루즈 여객선을 타고 프랑스제 최고급 와인을 마시는 부자로 변해있다면, 이를 보는 나로 하여금 참으로 가슴을 뛰게 합니다.

와인 잔을 높이 든 그의 미소 속에는 세계 최고 봉우리 에베레스트 정상에서 태극기를 휘날리며 감격해 하는 산악인의 감격이 묻어 보이고, 와인 잔을 높이든 그의 미소 속에는 42.195km 마라톤에서 2시간 29분 19초의 기록을 세우며 눈물로 결승 테이프를 끊는 손기정 선수의 투지가 묻어 보였습니다.

한편 부럽기도 하고, 한편 우습기도 하고….

아내도, 자식도 버린 그를 돈이 구해낸 것입니다.

돈! 과연 돈이면 다 되는 세상인가요? 그의 그런 사진을 보고 ‘와!’ 돈이면 다 되는 세상인가 보다 하면서도 크나큰 물음표를 남기게 합니다.

오랜만에 예술을 전공하는 두 조카를 만났습니다. 한 놈은 피아노를, 한 놈은 바이올린을 전공하는, 자기 인생의 멘토가 쇼팽이며 베토벤이라고 하는 조카들입니다. 그들처럼 가난하고, 눈이 멀고, 귀가 안 들려도 오직 예술을 위해 온몸을 던지겠다는 장한 조카에게 반가운 마음에 교회 잘 다니느냐고 물었습니다. 예전 교회는 부모님이 다니시고 그들은 자기들이 자란 교회를 떠나 성가대에서 연주하면 한 달에 20만 원씩 주는 큰 교회를 다닌다는 겁니다.

아! 녀석들도 가난한 교회보다 자기가 자라고 자기를 키워 교회보다 이웃집 돈 많은 교회를 선호합니다. 쇼팽이나 베토벤이 알면 기가 막혀 혀를 찰 노릇이지만 그 들은 당당합니다. 돈이 있어야 예술도 하는 거 아니냐며 이상한 눈빛으로 보는 날 더 이상한 눈빛으로 쳐다보는 조카들을 보고 요즘 젊은이들의 현주소를 보는 것 같아 조금은 씁쓸해졌습니다.

사랑하는 우리 약대 청년들이여! 돈이 있으면 세상살이가 편하지만, 그 돈이 인생의 위기 때 우리를 살려주지 못합니다. 인간이 상상 속의 나라 달나라에도 다녀왔지만 길 건너 이웃집 찾아가기는 예전보다 더 힘들어졌고, 돈 버는 방법과 기술은 엄청나게 배웠지만 그것을 쓰는 방법에 대해선 가르쳐주는 사람 없으며, 공부를 너무 많이 해 상식은 넘쳐나지만 세상은 더 무질서해졌고, 배고파 걸리는 병보다 너무 많이 먹어 걸리는 병이 더 많은 그런 거꾸로 된 세상이 왔으니, 어찌 이것들이 돈 가지고 해결할 수 있는 숙제이겠습니까?

돈이 판치는 세상에서 돈만 부르짖다 가면 우린 이 땅에서 80년 삶을 돈과의 전쟁만 치르고 가는 것입니다. 80년의 이 땅보다 천만년의 나라 주님의 나라를 기억하시고 믿음으로 승리하는 청년들이 되시길 기원합니다.

- 청년부 예배 5분 설교 중에서

故 조용덕 권사님께

철공소 수준의 작은 회사도 명절을 앞두고 한창 바쁜 시기입니다. 지방에서 하는 공사라 그곳 현장에서 숙식하며 지내는데, 오늘따라 마음도 몸도 찝찝하여 뒤숭숭하던 차에 한 통의 문자가 왔습니다.

"조용덕 권사님 소천…."

그리고 선교회 회장님한테 전화가 왔습니다. 오늘 저녁 우리 8남 선교회 문상 가며 장례 운구를 우리 선교회에서 하기로 했다고….

조용덕 권사님!

항상 조용하시고 우리 선교회에서 내가 열 마디 하는 것보다 그 권사님이 한마디 하시면 그게 더 무게가 있고 실속이 있는 아주 점잖은 권사님, 아직은 더 사실 나이이시고 아직은 더 할 일이 많으신 나이인데, 참으로 허망하고 슬프게 이 땅을 떠나셨습니다.

언젠가 문병 갔을 때 권사님이 씩 웃으며 하신 말, "이 권사가 날 위해 매일 기도 한다 했으니 나 금방 나을 거야." 그분이야 씩 웃으며 지나가는 말로 했지만, 사실 나는 얼마나 부끄러웠는지….

기도야 하지요. 밥 먹을 때 고맙다고 하고, 잠잘 때 잘 자게 해달라고 하고, 아플 때 낳게 해달라고 하고, 심지어 고속도로에 차가 막혀도 길이 뻥 뚫리게 도와달라고 주님께 기도하지요.
그런데 제 기도는 아직 절박하지 않아서 그런지 기도에 힘이 없어요. 마치 1달러짜리 팁을 호텔 베개 밑에 놓아두듯 아무 데서나 막 뿌리고 다녀요.

그냥 대충, 처음에 아버지 하나님 자 크게 하고, 나중에 아멘 자 크게 하고, 솔직히 내 기도를 녹음해 놓고 내가 들어봐도 가관일 겁니다. 사실 그때 권사님이 아프실 때 내가 좀 더 진심으로 내가 좀 더 간절하게 기도했으면 하는 마음이 가슴 저 밑바닥에서 밀려오는 밤입니다. 오늘 장례식 날 우리 선교회 회원들이 운구했을 텐데 나는 바쁘다는 이유로 어제저녁 장례 식장에서 얼굴도장만 슬쩍 찍고 슬그머니 다시 일터로 왔습니다.

참으로~, 참으로 야비하고 치사한 것이 인간이며 먹고 사는 일인
가 봅니다. 몇 푼의 돈을 벌기 위해 친구의 마지막 길을 배웅도 못 하
고, 이래서 세상에 믿을 놈 없다는 얘기가 나오고, 정승이 죽으면 안
가도 정승 집 개가 죽으면 간다는 말 틀린 거 아닌가 봅니다.

조용덕 권사님! 미안합니다.
이다음 천국에서 권사님이 "이 권사 아무리 바빠도 그럴 수 있어?"
하고 혼내주시면 한잔 사겠습니다. 물론, 천국에도 권사님이 좋아하
시는 '처음처럼'이 있는 줄 모르겠지만….
내 해병대 후배 권사님의 외아들 훈이를 봐서라도 회사 일 젖혀두
고 장지를 갔어야 하는데 죄송합니다.

그래서 그 속죄의 뜻으로 긴 조문의 글을 교회 홈페이지에 올립니
다. 어제 장례식장 분위기를 보니 평소 권사님의 대인관계와 인품이
남다르셔서 많은 분이 모여 전부 권사님의 서거를 애도하던데, 이 모
두가 권사님의 믿음과 덕이 쌓여서 된 일이라 여겨집니다.

권사님! 여기 이 땅에 남은 권사님의 사랑하는 아내 임응순 권사
님과 딸 정아, 그리고 훈이, 모두 하나님이 책임져 주시리라 믿으시
고 권사님이 못다 누리신 몫까지 권사님이 주고 가신 거라 믿으시고

천국에서 편히 쉬십시오.

　그리고 훈이 녀석은 내 아들처럼 힘들고 어려울 때 껴안아주고 그렇게 그렇게 좋은 사이로 지내겠습니다.

　권사님! 그럼 천국에서 뵙기로 하고 편히 쉬세요.

소고기와 저울추

원인은 설날과 한우 가격의 폭락이었습니다. 설에 고향 친구들이 동네에서 소를 잡았다고, 마대자루에 한 뭉치의 소고기를 들고 왔습니다. 예전에 귀신 잡았던 해병대 동기들이 어울려 멀쩡한 소를 잡았다고 검정 비닐봉지에 한 뭉치의 고기를 들고 왔습니다.

옆 동 조카딸이 작은아버지 드시라고 야들야들한 소 등심을 하얀 보자기에 싸 들고 왔습니다. 그리고 회사 거래처 이곳저곳에서 노랗고, 파랗고, 빨간 상자에 놈(?)의 고기를 포장해 '딩동댕' 택배로 보내왔습니다.

물론 혼자 먹지는 않았지만, 역시 그 때문에 겪는 후유증은 상상을 초월했습니다.

먹는 방법도 가지가지라 놈을 데쳐 먹고, 삶아 먹고, 구워 먹고, 볶

아 먹고, 날로 먹고…. 그렇게 내 허기진 창자에 놈들을 쓸어 넣었습니다. 무식한 나는 많이 먹을수록 몸이 건강해지는 줄 알았습니다.

그리고 그렇게 허겁지겁 구정이 끝난 후,

7,000원짜리 목욕탕에서 잰 나의 몸무게는 날 경악시켰습니다. 무심한 저울 바늘이 70kg을 사뿐히 통과해 2, 3, 4를 치닫고 있어서…. 차마 그대로 저울 위에 올라 있다 가는 심장마비에 걸릴 것 같아 "악!" 외마디 비명을 지르며 저울에서 뛰어내려, 80도의 한증막에서 땀을 뻘뻘 흘리며 복수에 찬 결의를 하였습니다.

'이놈의 대한민국 소 새끼들, 네놈들이 개만도 못하게 대접을 받아 애꿎은 나까지 피해 보니, 두고 봐라! 한미 FTA 적극 찬성해 네놈들을 철저히 죽이고 말겠다….'

그리고 애꿎은 고향 친구와 군대 동기 놈들과 조카딸에게도 부러진 화살촉이 날았습니다. '이놈들, 돈으로 주든지 산삼으로 주든지 해야지, 자기들은 살 빼는 보약 먹고 난 안 팔리는 소고기 줘?' 그리고 저녁을 거르는 생고생 작전에 돌입했습니다.

처음 첫날, 아내가 웃더군요(참 할 일 되게 없다고).

둘째 날, 조카가 웃더군요(작은아버지 이런 모습 연극 같다고).

셋째 날, 장모님께서 웃으셨습니다(아범은 살 안 빼도 돼, 하시며).

넷째 날, 처남이 찾아와서 온갖 음식 얘기를 쏟아냈습니다. "겨울 동치미에 막국수 하는 집이 일산에 있는데 그 맛이 죽여줘요. 국수에 뭘 넣었는지 씹을수록 고소하고 꽁꽁 언 동치미 한 사발에 온갖 잡념이 사라진다고…."

그래도 내가 먼 산만 보자 처남은 비장하게 또 입을 엽니다. "인천 연안부두에 가면 송어회 파는 데가 있는데 송어회 아래 뱃살은 쫄깃쫄깃한 게, 일반 광어나 우럭은 저리 가라야." 하며 입맛을 다시고 계속 떠들어댑니다.

"스끼다시로 고래 불알도 나오는데 이 맛이 말로는 표현이 안 돼요. 누나 앞에서 이를 어떻게 설명해야 하나?"

나는 또 귀를 막았습니다. 처남도 나만큼 아랫배가 나왔기에 배 나온 사람 얘기는 2012년부터 절대로 안 듣기로 했으니까요.

그러나 내가 무너진 건, 그놈의 붕어찜에서 그만 의지의 끈을 놓아버렸습니다.

"김포 양촌리에 가면 한적한 산자락 밑에 참붕어찜 집이 하나 있는데, 친한 친구가 귀한 거 대접해준다고 해서 한번 가서 먹어봤는데, 붕어 알이 씹으면 씹을수록 꼬들꼬들한 게 붕어 냄새는 하나도 안 나고 씹어 목에 넘기는 순간 허브 향 냄새가 나는데, 이거 안 먹어본 사람은 맛에 대해 어디 가서 얘기할 자격도 없다."라며 땀을 흘리며 유혹하는데….

"에이, 사기! 붕어에서 무슨 허브향이야?" 하며, 내가 안 넘어가자 "매형은 어머님과 누나가 그토록 잡수고 싶어하시는데, 매형 혼자 살 뺀다고 입 다물고 있으면 사내답지 못하죠. 해병대 출신이 뭐 그리 쫀쫀해요?"라고 하며 몰아세우는데….

'주여! 이 처남의 유혹에서 불쌍한 매형을 구해주소서!' 하며 차를 몰아 양촌리에 도착했고, 가는 도중 다짐과 다짐을 했습니다. '시키되 나는 먹지 않는다….' 음식이 나온 후 나는 먼 산만 보았습니다. 꼴깍, 꼴깍 침을 삼켜가며….

모두 돌아온 탕자처럼 붕어의 속살과 뼈, 그리고 머리통까지 씹어 삼킵니다. 80이신 어머님은 왕 붕어의 아가미를 한 손에 잡고 휘저으며 이렇게 외치십니다. "뭔 놈의 붕어가 뼈까지 오독오독 씹히나?". 내 뱃속에선 계속 꼬르륵거리며 나를 유혹 하고….

그리고 인내의 밧줄로 꽁꽁 묶었던 내 창자 줄이 주르르 풀리며 나는 정신을 놓고 말았습니다. 먹고 얼마나 후회했는지 모릅니다. '아이고, 이놈의 붕어야! 네놈은 할 일 없는 강태공의 낚시에 걸렸느냐, 어부의 그물에 걸렸느냐?' 밥값 88,000원이 아까워서가 아니라 내가 무너졌다는 사실에 분통이 치밀어 올랐습니다.

처남과 아내와 어머니는 실컷 먹고 이빨을 전봇대만 한 이쑤시개로 쑤시며 후회하는 나를 비웃는 건지, 위로하는 건지, 후식까지 드시며 묘한 미소를 짓고 계십니다. 부글부글 끓어오르는 마음을 억누르고 '아! 같은 식구도 아군이 되지 않는 나의 살과의 전쟁, 그래, 사람이 실패 안 하면 그게 신이지 사람이냐?' 이렇게 마음을 다집니다.

다섯째 날, 다시 저녁 거르기에 들어갑니다.

여섯째 날, 그리고 일곱째 날, 머리가 돌고 창자가 꼬여 오며 저녁이면 사는 재미가 없어집니다. 누가 왜 사느냐고 묻는다면 '사는 거 나도 몰라'입니다.

그리고 드디어…

7,000원짜리 목욕탕에서 저주스런 그놈의 저울에 올라탔습니다. 며칠 굶은 탓에 기운 없는 다리가 부들부들 떨렸습니다. 그리고 숨 막히게 '획' 하고 힘차게 차오르는 저울의 추를 보고 악하고 기절할 뻔했습니다.

앗! 아니~, 도대체 이럴 수가…!

'빳다'

60~70년 군대 다녀온 사람들에게 군대에서 제일 힘든 게 뭐냐고 물으면 배고픔과 기합이라고 순식간에 답을 말할 겁니다.

그 시절, 그때 배고프고 힘들었던 시절, 참으로 울다가도 웃을 일이 벌어졌으니, 몽둥이를 안 맞으면 하루도 편히 잠을 잘 수 없던 나의 해병대 시절, 오늘도 집합했습니다.

우리 소대원 열세 명은 벙커 내무실 콘크리트벽에 기대어 섰습니다. 오늘 집합한 이유는 요즘 기합이 빠졌다는 것입니다. 기합이 빠졌다?

이 기합 빠진 역사로 치면 멀리 고려 장수 이성계가 왕의 명령을 거역하고 위화도에서 회군해 쿠데타를 일으킨 것으로부터 시작해 가까이는 별 두 개짜리가 별 네 개짜리 잡아놓고, 국보위 상임위원장인가 그거 한 것부터 기합이 빠진 거 아닙니까?

그런데 우리 같은 작대기 한두 개 단 졸병이 기합이 빠지면 얼마나 빠지겠습니까? 이리 가라면 가고, 저리 가라면 가는 갈대 같은 졸병이.- 사실 군대 졸병 시절에는 군대서 기르는 개보다 대우를 못 받고 지냅니다.

지금이야 세상이 변해 자유 배식이다. 반찬이 다섯 가지라 하며 호강을 떨지, 그땐 명절 때 나오는 돼지고깃국은 돼지가 헤엄치다 털만 뽑아내고 나온 국이었고, 그나마 중대장이 좀 챙기고 선임하사가 좀 뜯어가고 고참이 건더기 건져가면 그야말로 돼지기름 몇 개 뜬 맹탕 국이었죠.

해병대 기수 빳다.

산천초목이 떤다는 해병대 기수 빳다가 오늘도 찾아옵니다. 맞는 계산은 간단합니다. 제일 선임이 한 대 맞으면 그다음이 두 대, 그다음이 네 대, 그다음이 여덟 대 하는 식의 곱하기 순으로 진행하는 무지막지 한 몽둥이가 오늘도 찾아왔습니다. 참으로 해병대 깡과 폼생폼사로 사는 군대라 하지만 나에게 기수 빳다는 벅찬 상대였습니다. 물론, 마지막 졸병은 한 삼십 대 맞는 것으로 보통 끝을 내지만.

월남전에서 베트콩을 맨손으로 잡았다는 제대 말년의 병장이 곡괭이 자루를 잡고 사령관처럼 훈시합니다. "내 군 생활 3년 동안 너희처럼 기합 빠진 놈들 처음 봤다. 내 졸병 때는 눈동자가 살아 번쩍번쩍했는데 요즘 아주 개판이야. 이놈들이 군대에 놀러 온 줄 아나, 여기가 4H 구락부냐? 청소년 캠프장이야?"

아! 오늘따라 선임이 심기가 불편하구나, 선임은 말년에 제대 날짜 기다리다 지쳐 괜히 할 일 없이 집합만 시키고 잘하지도 못하는 연설만 늘어놓고 있습니다. 그래, 때리려면 어서 때려라. 어서 맞고 잠이나 편히 자게….

선임이 일장 연설을 마친 후, 후임 병장의 엉덩이에 곡괭이자루를 휘두릅니다. "너 인마, 애들 교육 잘해!"란 일갈을 들으며 한대를 얻어맞은 중고참은 얼굴을 붉으락 거리며 "네놈들 때문에 나 맞았으니 두고 보자." 하며 이를 부드득 갈고 나갑니다. 아! 뒤에서 순서를 기다리는 나는 이 시간이면 이 지하 벙커가 지진으로 무너졌으면 하는 공상도 해봅니다. 계산대로 하면 내가 여섯 번째 이십여 대를 맞아야 하는데 이 이십 대가 여간 만만한 대수가 아니었습니다.

몽둥이가 바람을 가르며 춤을 추는 가운데 앞에 먼저 맞는 선임들이 "악악! 억!" 소리를 지르고 내무실 바닥에 쓰러집니다. 나는 미리

팬티도 두 어장 더 입고 뒷주머니에 라면 상자를 찢어 넣어 만만의 준비를 했지만, 그 순서를 기다리기란 공포 중의 공포였습니다.

내 앞의 선임이 엉덩이를 올립니다. "퍽!" 처음 한 대에 스펀지 바람 빠지는 소리가 들립니다. "퍽!" 두 번째 몽둥이가 내려칩니다. 푹 하고 50CC짜리 오토바이 시동 꺼지는 소리가 들립니다. "팍!" 세 번째 몽둥이가 내리치자 포식하고 야외 레코드판 바늘 넘어가는 소리가 들립니다.

하나 나는 지금 옆에서 픽 소리가 나든 퍽 소리가 나든 거기 신경 쓸 처지가 못 되었습니다. 다음이 내 차례인데 이건 김일성이가 쳐들어오거나 빳다 치던 선임이 초 급성 맹장이 걸리지 않는 한 막을 수 없는 현실이었습니다.

"퍼퍼벅!" 내 앞에 선임은 몽둥이를 내려칠 때마다 뭔가 엉덩이에서 이상한 소리를 내뱉었습니다. 이번엔 색소폰 음색의 솔 파 정도쯤 되는 진동이 들렸습니다. 선임도 약간 이상한 듯 이놈 봐라 하며 한 방 더 내려쳤는데, 여기서 그만 사고가 터지고 말았습니다.

"파지직!" 하고 터지는 그의 소리는 5톤 덤프트럭의 급브레이크 밟는 소리였습니다. 선임이 몽둥이를 멈추고 소리칩니다. "이놈 이거 똥 싼 거 아냐?"

아! 그렇습니다. 우리의 전우는 선임이 내리치는 방망이에 똥구멍을 오므렸다 넓히기를 반복하다 그만 똥을 싸고 만 것입니다. 아무리 지독한 해병대 기수 빳다라도 똥 싼 엉덩이에 몽둥이를 들이댈까요?

선임은 다 잡은 사슴을 놓친 포수처럼 아깝다는 듯 몽둥이를 집어 던지며 소리칩니다. "이놈 때문에 오늘 빳다 여기서 끝이다." 와! 살았습니다. 나는 하나님을 외치고 또 외쳤습니다. 세상에 이런 복도 있나 세상에 오복만 있는 줄 알았는데 이건 무슨 복에 속할까? 내 밑에 졸병들도 좋아서 어찌할 줄 모르는 표정입니다.

폭력, 이것은 죄이고 없어져야 할 우리의 문화입니다, 하나 그 시절 몽둥이를 맞고 막걸리 한잔을 나눠 마시며, 해병대 곤조가를 힘차게 부르던 그 시절….
요즈음은 타 부대 장교한테 아저씨라고 부른다니 그저 쓴웃음만 나옵니다. 한 달 선임을 하늘처럼 알던 그 시절 그때가 그리워집니다.

전역한 지 40년, 옛일을 생각하면 웃음도 나지만 오늘 이 밤 칼바람 부는 한겨울의 저녁, 조국을 지키기 위해 참호 속에서 애쓰는 우리의 아들들에게 고맙다는 말을 전합니다.

 이종환 최유라, 「웃음이 묻어나는 편지」 방송

상록 독서회

친구들이 "국군 장병 아저씨, 이 추운 날씨 조국을 지키시느라고 얼마나 고생이 많으십니까?" 하고 위문편지를 보내고, 치약 칫솔 비누를 주머니에 한가득 넣어 전방으로 위문품을 보내던 시절 나는 전역을 하였습니다. 내 나이 열여덟에 해병대를 지원 입대하여 스물한 살에 제대하니 그제야 친구들은 육군 영장을 받고 입대하고 있었습니다.

그 시절 해병대는 타군보다 고생한다고 육군보다 3개월 공군보다 6개월이나 일찍 전역해주는 바람에 그 빠름은 더 했습니다. 스물한 살의 그 시절 학벌도, 마땅한 기술도, 또한 가진 돈도 없는 나는 매일 소설책이나 보며 월간지 샘터 뒷면의 펜팔 난을 보고 매일 편지나 써 대던 백수였습니다. 친구들보다 3년이나 일찍 군대를 갔다 왔지마는 그것을 자기 발전에 살리지 못하고 건들거리던 그 시절, 그 놀고먹던 백수 시절에 그래도 책을 무지하게 읽었던 것 같습니다.

삼국지에서 헤밍웨이를 지나 괴테까지, 이 무렵 샘터를 통해 평생 동지 신현배, 임성기 형을 만났습니다. 나이는 나보다 몇 살 아래였지만 지식과 인품은 나보다 몇 살 위의 형들을, 참으로 순수했던 그 시절 막걸리 한잔에 김성동 씨의 만다라를 해부하고 소주 한잔에 이상의 오감도를 들먹이던 그 푸르고 겁 없던 시절이, 나에게는 문학청년의 시절이었습니다.

주머니에 천 원짜리 한 장 만 있어도 배가 불렀고, 어쩌다 만 원이라도 손에 들어오면 이내 더 이상 바랄 것이 없다고 행복해했습니다. 고향이 제천인 임성기 형, 그의 제천 시골집에도 찾아가 의림지에서 빙어도 먹어 보았고….

형의 꿈은 천주교 신부가 되어, 그래서 이 땅에 공평한 하나님의 자유를 누리게 하는데 한몫을 하겠다 했습니다. 그래서 그의 순박한 꿈이 우리를 놀라게 했던 하얀 물감처럼 착한 형, 임성기.

지금은 어디 계신지요?

또 한 사람의 범상한 친구 신현배 형은 문학의 천재였습니다. 내

기억으로는 국풍 81인가, 여의도광장에서 전두환 정권이 새로 탄생
하여 큰 행사를 벌였는데, 시조대회에 나가 당당히 장원을 해 술값
을 두둑이 벌어오고, 여기저기 신문 신춘문예도 당선되어 촌놈이 그
덕분에 시상식 때 세종로 조선일보 본사에 가서 생전 처음 뷔페도
먹어 보고, 하여간 그는 문학의 천재였습니다. 고등학교 졸업 실력으
로 대학생들 과외를 가르치는, 웃기는 천재 말입니다.

그 시절 그와 포장마차로 드나들며 그가 읊조렸던 시를 전부는 기
억하지 못하지만, 아직도 나는 몇 토막을 기억하고 있습니다.

술을 마시며

술을 마시면
포장마차 그 숲 속
그 카바이트 불빛 사이로
하얗던 그대 마음이
허망한 내 가슴속에
서성이다 사라진다.
카바이트 불빛 사이로
반짝이는 그대 와 나.

현배 형의 시는 참으로 멋있었고 나를 매료시켰습니다.

그는 이 시대의 고독한 방랑자였으며, 시인이고, 한번 잡으면 끈질기게 물고 늘어지는 소설가였으며, 어울리지 않게 시조시인이었으며, 아이들 같은 동심의 아동 문학가였습니다.

수많은 수상과 다양한 경력을 쌓은 중진작가임에도 그의 책이 시중에서 베스트셀러가 되지 않은 것 또한 그에게 상업주의가 어울리지 않았기 때문이라고 봅니다. 글 쓰는 놈이 통장을 자꾸 쳐다보면 혼이 사라진다 했던, 그의 정연한 논리가 지금도 살아있는 듯합니다.

모양새는 서울역 노숙자의 모습이었지만, 사람이 겉만 화려하면 뭐 하느냐고 인간은 오로지 내면을 닦는 것이 중요하다며 냄새나는 머리를 휘날리고 다녔던 신현배 형.

샘터문학회를 통해 알게 된 신현배와 임성기는 시골에서 농사나 짓는, 아니 책이라고 해봐야 삼국지 정도나 읽는 나하고는 문학에 대한 지식과 수준이 달랐습니다. 현배 형의 추천으로 책을 보고 서로 토론하는 상록독서회라는 독서모임에 가입했습니다.

매 주일 십여 명의 작은 인원이 시흥동 복지회관 골방에 모여 서로의 문학에 대한 식견과 흐름에 관해 토론하는 독서회를 통해 평생 만나기 힘든 귀한 분들을 만났습니다.

독서회의 어른 김영록 선생님.

참으로 부처님 가운데처럼 늘 미소를 머금고 계시며, 그 지식은 영어, 일어, 중국어를 하며 세계를 넘나들었고 사상계 편집위원에, 재무부 이재국장까지 지내시고, 서울대를 나와 미국 하버드에서 공부하신 우리 꼬맹이들하고는 전혀 어울릴 상대가 아닌 귀하신 분을 그때 그 시절 독서회를 통해 만났습니다.

김 선생님은 우리 멤버 중 최고로 모범회원이셨습니다.

제일 먼저 모임방에 오셔서 청소도 해 놓으시고 가끔 간식도 사 오시고, 하지만 전혀 회의를 주도하지 않으시고 항상 조용히 우리의 어설픈 평론만 들으시며 미소 지으셨던 선생님.

한때는 우리 모임방이 없어 잠실 선생님 댁에서 모여 사모님께 신세를 진 일도 있습니다.

당시 강영훈 국무총리와 만주 신성중학교 동창이어서 정부에 끈을 댈 수 있는 대단한 인맥도 있으신데, 오로지 청백리처럼 사신 선생님은 5·16으로 요령껏 기회를 잡아 승진도 할 수 있었을 텐데, 독재와 비정상적인 정부와 타협하지 않았다. 그의 후임 남덕우 재무부 이재국장은 이줄 저줄 잘 잡아 총리까지 했지만, 그 썩은 줄을 잡지 않으셨던 선생님, 선생님이 돌아가시던 날 그 조사를 내가 읽으며 얼마나 울었던지…. 선생님이 계신 안양 저수지 근처 남대문교회 공원 묘지에 우리 독서회 회원들이 매년 산소에 찾아가 뵌다는데, 저는 이런저런 이유로 가지 못해 죄송합니다.

더불어 동갑 친구 엄지 아빠 장동식 형, 시흥에서 조그만 헌책방을 하며 밤이면 신설동 사거리 수도학원 앞 노상에 책을 펴놓고 악착같이 살려고 했던, 아니 그렇게 번 돈을 고아원과 양로원에 듬뿍듬뿍 기부해 우리를 부끄럽게 했던 엄지 아빠, 장동식 형, 그 외에 정화 양, 백건우, 이름도 가물가물한 스님 등 참으로 순박했고 책을 좋아하던 친구들을 만났고, 우습게도 내가 그 모임 회장까지 했던 기억이 새삼 떠오릅니다.

먹고 살기 위하여 문학이란 근처에서 탈출해 돈을 벌기 위해 그 모임을 멀리하고 근 30년 만에 현배 형과도 연락이 닿았습니다. 물론 아직도 돈은 벌지 못했지만, 이젠 나이가 환갑이 되고 보니 그저 예전의 아름다운 기억들이 보물처럼 느껴집니다.

이 무렵 현배 형과 내가 의기투합해 울릉도로 가서 소설 한번 쓰기로 작정하고 일을 꾸미던 중, 효심이 지극한 현배 형은 병환 중이셨던 아버지 곁을 못 떠나고, 나는 소설이 아닌 돈을 벌기 위해 울릉도행을 감행하였습니다.

울릉도와 소녀

파도야, 파도야

난 어쩌란 말이냐,

님은 뭍같이 까딱 않는데

파도야 난

난 정말 어쩌란 말이냐

- 청마 유치환 -

 울릉도.

내가 아는 것이라고는 하늘을 끼룩거리며 나는 그것이 갈매기라는 것과 가끔 TV에서 보던 항구의 오징어배가 전구 달린 어선이란 것만 알고 있을 뿐입니다.

오징어 잡는 울릉도에서 제일 쉬운 취업은 오징어 잡는 것이었습니다. 경력 학력 체력 이런 거 다 필요 없이 주민등록증 하나를 맡기고 그날로 오징어 배를 탔습니다. 각오는 했지만, 그래도 오징어잡이는 낭만이 있는 줄 알았습니다.

가끔 TV에서 보면 잔잔한 파도 위에 낚시를 던지면 팔뚝만 한 오징어가 먹물을 튀기며 힘차게 뛰어오르고 어부는 콧노래를 부르고 가끔 그 싱싱한 오징어를 고추장에 듬뿍 발라 맛있게 먹는 어부의 모습은 멋들어졌습니다.

하나 바다 가운데서 파도에 휩쓸리며 밤새 낚싯줄을 당겼다 놓았다 하는 노동은 낭만과는 거리가 먼 고역이고 고문이었습니다. 캄캄한 밤바다 요동치는 파도에 몸은 이리 구르고 저리 구르고 내가 오징어를 잡는 것이 아니라 오징어가 나를 잡았습니다. 노련한 선원들은 그 파도 속에서도 난간에 매미처럼 붙어서 낚시를 하는, 달인 그 자체였습니다. 처음 3일은 그렇게 그렇게 울릉도 앞바다에 내가 왔다는 신고식 하는 것으로부터 나의 웃기는 어부 생활은 시작되었습니다.

내 삶에서 1980년 '직업 어부'란 이력이 큼지막하게 하나 더 붙었고, 이것은 어쩜 나의 삶에 또 다른 큰 교훈의 시간이었다고 생각합니다.

보름 정도 일을 했을까? 날씨가 우릴 붙잡아둡니다.

3일에 한 번 태풍주의보요, 5일에 한 번 풍랑주의보가 발령되니 어부들은 바다에도 못 나가고 할 일 없이 모여 온종일 술판이나 벌이고 화투나 치는 그야말로 열흘 일 한 것 하루에 까먹는 마이너스 인생이었습니다. 그 시절 고기 잡는 어부들은 울릉도 사람들이 아니라 육지에서 온 사람들이었기에 그들은 전부 하숙을 하고 있었습니다. 그러니 그들이 태풍 불고 비 오는 날은 갈 곳이 없는 것입니다.

정말 비 오는 날이 공치는 날입니다. 나는 술판이나 화투판에 별로 취미가 없어 매일 하숙 집 뒷마루에 앉아 중국 무협지나 읽고 있는 울릉도 백수로 지내던 어느 날, 하숙집 주인아줌마가 나를 어떻게 보았는지 "총각! 내가 척 보니 총각은 육지에서 공부 좀 한 사람 같은데 부탁 하나 들어줘!" 하며 나를 잡아끌었습니다. 엉겁결에 무슨 부탁이냐고 물으니 고 2짜리 딸년이 하나 있는데 그놈 공부 좀 가르쳐달라는 것이었습니다. 내가 비 오는 날이면 무협지나 읽고 남들이 술 먹고 화투 칠 때 연애편지나 쓰는 모습을 하숙집 주인아줌마는 유심히 보며 무슨 고시준비생이 피치 못할 사정이 있어 잠시 울릉도에 온 가난한 대학생으로 판단하고 계신 듯했습니다.

아! 중학교 졸업한 놈이 고등학교 다니는 놈을 가르친다?
아! 신현배 형이 고등학교 나와 대학생들 논문 써주고 용돈 번다는데 드디어 내가 그 뒤를 밟나 보다. 육지에서는 어림 반 푼 어치도 없고, 아니 걸리면 학력 사기범으로 몰매를 맞을 일이지만, 그때 1980년 울릉도는 가능했습니다.

사실 나는 고등학교는 졸업을 못 했지만, 대학은 막강한데 나왔거든요. 대한민국 명문 해병대.

내가 이 글을 쓰고 있는데 아내가 내 글을 어떻게 보았는지 당신 중학교 나왔다는 거 빼면 안 되느냐고 얘기합니다. 참으로 머쓱했습니다.

굳이 중학교 졸업이라고 쓸 이유는 없지만, 이것 또한 나의 역사이고 어쩜 나의 양심인데, 내 학력을 빼고 쓰면 뭔가 중요한 것은 숨기고 쓰는 것 같아 아내 말엔 그냥 머리만 끄떡였습니다. 그만큼 대한민국 사회에서는 학력이 이력보다 앞에 붙나 봅니다.

오징어 잡는 뱃놈에서 일약 육지에서 온 귀하신 과외 선생으로 격이 향상되니 변하는 게 한둘이 아녔습니다. 군대에서 대령에서 별 달면 백 가지가 변한다는데, 우선 부르는 호칭이 달라졌습니다.

'어이 총각'에서 '이 선생님'으로 정규직 교사 호칭이 따라붙었고, 열댓 명이 옥신거리며 구부리고 자는 습기 차고 으스스한 방, 비 오는 밤이면 빈대 출몰하고 달 밝은 밤이면 바퀴벌레가 등장하는 돼지우리 같은 쪽 방에서 워커힐처럼 번쩍이는 눈부신 독방이 배정되었습니다.

식사는 한 상에서 같이 먹기 때문에 어쩔 수 없다고 치더라도 공부

가르치는 시간 주인아주머니가 슬쩍 들이미시는 간식의 수준은 울릉도 군수가 먹는 주식이었습니다. 중학교 실력으로 고등학생 어떻게 가르쳤느냐고요? 그거 별거 아니더라고요. 원래 미국 가면 영어 어설피 아는 놈보다 아예 영어 포기하고 몸짓 발짓으로 하는 놈이 더 살아남는다는 얘기 있지 않습니까?

한 번은 한국 관광객이 일본에 갔는데, 일행 중 한 사람이 계속 설사를 하여 여행을 포기할 정도로 아파했답니다. 그래서 일행 중 2명을 약방으로 보내 약을 사오라고 했는데, 한 사람은 대학을 나온 서울 사람이고, 한 사람은 초등학교밖에 못 나온 시골 농사꾼이었답니다. 둘이 각각 서로 다른 약을 사 들고 왔는데, 그래도 먼저 대학 나온 사람 약을 먹어야 설사가 멈출 것 같아 그 약을 먼저 먹었는데, 아이고! 이를 어쩐다? 그 약을 먹고 바로 관광버스 안에서 똥을 쌌다는 거지요. 이유인즉 설사를 멈추는 약이 아니라 설사약을 사 와서 그 야단을 쳤고, 농사꾼이 사 온 약은 제대로 설사 멈추는 약을 사 왔다는 거죠.

어떻게 일본 말도 모르고 영어도 모르는데 약을 사 왔느냐고 물으니 대답인즉 약방 약사 앞에서 바지를 벗고 엉덩이를 깐 다음 손가락으로 똥구멍을 막으니 약사가 고개를 돌리며 "오케이, 오케이." 하고 얼른 약을 주더라는 겁니다. 이러니 학벌이 공부 가르치는 거와 무슨 상관있습니까? 더불어 다행인 것은 그 하숙집 딸이 나와 코드가 맞는 문학소녀였습니다.

비가 주룩주룩 내리는 어느 날 오후, 고향 생각도 나고 부모님 생각도 나서 하숙집 뒷마당 감나무 밑에서 막걸리 한 주전자를 옆에 놓고 청승맞게 시 한 수를 읊조렸던 기억이 납니다.

> 한잔의 술을 마시며
> 우리는 버지니아 울프의 생애와
> 목마를 타고 떠난 숙녀의 옷자락을 이야기한다.
> 목마는 하늘에 있고 방울 소리는 귓전에 철렁거리는데
> 가을바람 소리는 내 쓰러진 술병 속에서 목메어 운다.

박인환 시인의 「목마와 숙녀」를 줄줄 외웠더니 내 모습을 보고 있던 이 울릉도 하숙집 아줌마, 세상에 이런 멋있는 글 누가 만들었느냐며 시 한 수에 만세를 부르더군요.

제가 얘기했죠. 저는 문학 외에는 모르는 사람입니다. 학별도 별로 없고, 하나 내가 할 수 있다면 공부를 왜 해야 하는 것에 대해 가르쳐 주겠다고, 그래도 이런 실력의 저에게 따님을 맡기시려면 맡기시라고요.

엄마의 명쾌한 결정이 떨어졌고 우리 둘이는 신이 났습니다. 다행인 것은 고 2짜리 혜숙이는 나를 오빠처럼 얼마나 따르던지, 참으로 육지에서는 만나기 힘든 착한 아이였습니다. 우리는 배낭을 메고 울릉도 성인봉에 올라가 저 멀리 보이는 독도를 보며, 독도는 우리 땅이라고 힘차게 외쳐도 보고 도동 앞바다 그 파란 해변에서 숨바꼭질하며 싱싱한 굴도 따 먹어보고, 그러곤 울릉도에 하나 있는 도서관에 우리는 매일 아침 힘차게 출근을 했습니다.

놈의 공부는 종일 소설책을 보는 것이요, 나는 무협지를 종일 보고 돌아가는, 참으로 이상하면서도 웃기는 과외 선생을 3개월 했습니다. 어차피 자기의 최종 학력은 고등학교로 만족한다는 본인과 울릉도에서 고졸은 육지의 대졸과 맞먹는다는 통 큰 엄마의 기준이 있어 크게 입시나 학교 시험과 관계없는 과외였으니, 나에겐 공부에 대한 부담이 없었습니다. 엄마의 바람이 있다면 학교에서 낙제나 하지 말았으면 하는 돈 있는 사람의 자기체면이었습니다.

지금 돌이켜 생각하니 나도 그 시절 무진장 순수했던 것 같았습니다. 고등학교의 여학생과 주민등록증 하나 달랑 있는 육지의 총각이 서로 한 방에서 책상 하나를 놓고 쑥덕거리며 3개월을 지냈어도, 이상한 여자와 남자의 관계 같은 어른들이 기이하게 볼 만한 행동을 전혀 하지 않았으니, 나의 이런 어쩜 바보 같은 모습에 나를 믿고 하숙집 아줌마는 자기 딸을 부탁했는지도 모르겠습니다. 사실 나도 나의 그런 모습이 좋았습니다.

울릉도를 떠나는 날 엄마의 눈물 나는 목소리가 지금도 쟁쟁합니다.

우리 딸년이 복이 많아 저런 좋은 선생님 만났다고….

백만 인파

조조의 위 나라가 손권의 오 나라 나라를 정벌하기 위해 백만 대군을 이끌고 중원을 지나 황하를 넘어 오 나라 국경 적벽에 진을 친다.

조조의 백만 대군이 노도처럼 쳐들어온다는 말에 조정과 백성은 사시나무 떨듯 한다.

온 나라 백성이 국경을 사수하고 죽음으로 써 조조의 백만 대군과 대항할 것인가,

아니면 오나라 왕이 조조의 무릎 앞에 엎드려 항복하여 종묘사직을 보존할 것인가?

조정은 이 문제를 놓고 서로 의견이 양분되어 극도로 혼란스러워졌다.

이문열의 삼국지에 나오는 그 유명한 적벽대전에 나오는 백만대군
의 한 장면입니다.

여기서 제갈공명의 신출귀몰한 전투 장면이 나오고, 조조는 대패
하여 도망하다 화용도에서 잡혀 청룡도를 꼬나쥔 관운장 앞에서 수
모를 당합니다.

이 장면은 우리나라 판소리에서 적벽가로 노래하고 있고, 중국에
는 이 장면을 기리기 위해 하는 인형극 놀이가 있습니다.

어제,

한강에서 펼쳐지는 세계 불꽃 축제를 구경하기 위해 여의도 둔치
에 다녀왔습니다.

오늘 아침 TV 뉴스에 보니 어제 그 축제에 백만 인파가 몰렸다고
합니다.

그 백만 인파라는 말에 갑자기 백만 대군이 쳐들어온다는 전갈을
받은 오 나라 손권의 마음은 어떠했을까 하는, 삼국지의 한 장면이
떠오릅니다.

축제를 보기 위해 며칠 전부터 준비를 하고 친구 13명에게 전화를
걸어 함께 구경 가기로 약속을 했습니다.

이제 더 늙으면 우리는 거기 백만 군중 틈에 낄 체력도, 시간도 없
다며 백만이 모일 것을 예측하고 통닭과 떡과 음료를 단단히 준비하

고 부천에서 출발하였습니다.

여의도에 도착하니, 참으로 어디서 모였는지 정말 무지무지하게 사람이 몰렸습니다.

말이 백만이지, 백만이면 우리나라 군대를 다 합쳐도 60만이요,

우리 부천시 인구를 다 합쳐도 85만이요,

1원짜리 동전을 다 모으면 이마 1톤 트럭으로 한 대쯤은 될 만한, 백만입니다.

함께 하기로 약속한 13명 중 3명은 "나는 도저히 거기 갈 자신이 없다."며 불참하고 10명이 출발하였는데, 가는 버스 안에서 2명은 사람이 많아 고생할 것 같다며 그냥 버스에서 내려 중도 포기하고 8명이 힘겹게 여의도에 도착하였습니다.

도착 직후 한 명은 그 많은 인파에 놀라 입을 쩍 벌리며 그냥 집으로 가버려 7명이 되었는데,

어라?

불꽃놀이가 시작도 하기 전 2명이 집에 갈 일이 참으로 걱정이라며 슬그머니 자리를 떠나 5명이 자리를 잡았는데, 막상 불꽃놀이가 시작되자 더 많은 인파가 몰리니 1명이 "나는 갑니다." 하고 핸드폰 문자를 남기고 없어지더니, 이내 2명도 "잘 보고 와요." 하는 비명

같은 문자를 남기고 사라져, 13명의 약속 인원 중 우리 부부만 남아 불꽃놀이를 보는 지경에 이르렀습니다.

백만 인파 속에 우리 부부는 끝까지 자리를 지켜 그 화려한 축제를 감상하며 무한 박수를 보냈고, 걱정과는 달리 부천 가는 지하철도 3분 만에 한 대씩 운행되어 전혀 불편하지 않게 자리에 앉아 왔습니다.

중간에 온 그분들이 1시간 30분 걸려 집에 왔다는데 우리는 50분 만에 왔으니, 끝까지 자리를 지킨 것이 뭐 그리 자랑도 아니고 무슨 목적을 대단하게 달성해 성공한 것도 아니지만, 왠지 그 백만 인파와 더불어 우리 두 부부가 끝까지 살아남은 것 같은 기분을 지울 수 없었습니다.

나도 성질 하면 풍산개처럼 급하고, 끈기는 소 힘줄처럼 질기기 이를 데 없는 사람인데, 그래도 네 시간을 한강 둔치 콘크리트 바닥에서 버티며 백만 인파와 더불어 이 가을을 즐긴 것에 대해 오랜만에 나에게 후한 점수를 주었습니다.

불꽃놀이라는 것도 이젠 예술로 승화되어 하늘로 올라간 불꽃이 하늘에서 그림도 그리고, 제자리에 한참 서서 불꽃 같은 눈물도 흘리고, 참으로 인간의 과학에 그저 감탄만 하고 왔습니다.

더불어 서울시와 박원순 시장은 저렇게 불꽃을 쏘아 한 방에 날려

버리는 돈으로 노숙인이나 도와주지 하면서, 잘 보고는 김빠진 생각
을 해 보았습니다.

참을 인(忍) 자 셋이 모이면 죽은 사람도 살린다는데, 모두가 참기
를 힘들어하는 세상입니다. 참으면 손해 본다는 생각을 해요.

예수님이 우리에게 서로 사랑하라는 말씀도 결국에는 서로 화내
지 말고 참으라는 내용 아닌가요?

부처님도 욕심부리지 말라는 말씀을 곰곰이 생각하면 욕심을 참
으리는 말씀 아닌가요?

순간을 참지 못해 자식이 부모에게 흉기를 들이대고 평생 지을 수
없는 상처를 남깁니다.

순간을 참지 못해 악수하고 고개 숙이면 되는 일을 고개 쳐들고
삿대질하며 주먹을 휘두릅니다.

그래서 검사, 판사, 변호사가 대한민국 최고 직업군이 되고 부의 상
징이 됩니다.

소년원이고 교도소고, 방이 너무 비좁아 인간대우를 못 받는다고
아우성입니다.

한 번 더 생각하고, 한 번 더 참는다.

무지무지하게 힘든 일이지만, 뒤집어 생각하면 이것만큼 쉬운 일

이 세상에 또 있을까요?

어라? 건방지게

건방지게, 아주 건방지게 책을 한 권 출판했습니다. 정식 작가가 아니므로 쑥스럽게 동네 복사 집 이곳저곳을 찾아다니며….

복사집 사장이 "아니, 작가님이 정식 출판사에서 발간하지, 왜 이런 곳에서 하느냐?"라며 묻길래 나쁜 짓 하다 들킨 사람처럼 펄쩍 손사래를 쳤습니다. 전 작가가 아니고요, 그냥 살아오면서 쓴 일기장을 한번 묶어보는 거라면서, 나 같은 놈이 출판사에서 책을 만들면 대한민국 작가들에 대한 모독이요, 더불어 고민하며 글을 쓰는 문예 등단작가들의 사기를 꺾는 것이라고….

처음 이백 권의 책을 백만 원 들여 아주 촌스럽게 만들어, 추천사를 써주신 목사님과 그 맑고 투명한 청년부 믿음의 동지들과 한동네에서 미꾸라지 잡고 자란 어깨동무 친구들과 군대서 라면땅 먹으며 그 혹독한 훈련을 깡으로 견디어낸 우리 해병대 동기들에게만 드리려고 했는데,

어라? 헌데 이놈의 책이 대낮에 술을 처먹었나?

아니면 새벽에 나 몰래 비아그라를 처먹었나?

한 권 두 권, 슬쩍슬쩍 벌떡벌떡 없어지더니 그만 매진이 돼버렸네요.

완전 거덜 나는 매진이….

어라? 줄 사람은 따로 있는데 큰일 났습니다. 좋은 뜻으로 책을 만들어 돌리려다 괜히 욕만 바가지로 먹게 생겼습니다.

"야! 이강민이, 너 교회에서까지 사람 차별하며 책 돌리냐?"

"야, 네 책에 '난 친한 사람하고만 논다'라고 써놓았냐?" 하는 비난의 목소리가 음표의 높은 도처럼 들려옵니다.

이래서 또 백 권을 만들고, 그것도 동이나 다시 이백 권을 만듭니다. 그래도 여기저기에서 다 읽고 책이 없어 돌려본다는 소식에 기백만 원의 돈이 아깝지 않습니다.

아니! 밤새 단숨에 읽었다는 어느 여 권사님, 언제 2탄이 나오느냐며 만날 때마다 물어오는 동기생들….

아! 작가들이 이런 즐거움으로 소설을 쓰나 보다 하고 은근히 보람

도 가져 봅니다. 그리고 책을 못 받으신 분, 정말 미안합니다.

오늘이 제 생일입니다. 나이가 60이고요.
생각하니 나이만 먹고 나잇값도 못하고 사니 올해는 나잇값 좀 하고 살려는지 사뭇 나도 나에게 궁금해집니다. 목사님이 추천사에 써 주신 말씀처럼 올해도 싱겁게 살았으면 하는 바람입니다.

2013년 9월 16일